Libretto

DU MÊME AUTEUR
AUX ÉDITIONS BUCHET/CHASTEL

Le Soir du chien, roman, (prix Renaudot des lycéens 2001).

Liturgie, nouvelles, 2002.

Sur la photo, roman, 2003.

Mo, roman, 2005.

Organes, nouvelles, 2006.

Les Derniers Indiens, roman, 2008.

L'Annonce, roman, 2009 (prix *Page des libraires* 2009 ; prix *La Montagne*/ Terre de France 2009).

Les Pays, roman, 2012 (prix du Style 2012).

Album, 2012.

Joseph, roman, 2014.

Nos vies, roman, 2017.

Histoire du fils, roman, 2020 (prix Renaudot 2020).

Les Sources, roman, 2023.

MARIE-HÉLÈNE LAFON

HISTOIRES

libretto

Pour la première édition :
Liturgie, recueil, éditions Buchet/Chastel, 2002
Organes, recueil, éditions Buchet/Chastel, 2006
« Bon en émotion », in *Nouvelles d'Aubrac*, Fil d'Ariane éditeur, 2002
La Maison Santoire, éditions Bleu Autour, 2007

Pour la présente édition :
« La Confession » et « Suites pour sanglier »

ISBN : 978-2-3691-4852-4

à G.

« Creuse sur place. Ne glisse pas ailleurs. »
Robert Bresson, *Notes sur le cinématographe*.

« Je veux rentrer dans les choses. »
Mario Giacomelli.

LA CONFESSION

La Nini n'a pas d'âge, elle est ronde et courte et trotte menu en traversant la place de l'église à la maison et de la maison à l'église ; elle ne lève pas l'œil et on n'attrape pas son regard, même pendant les leçons de catéchisme qu'elle donne debout tandis que les petits de première année sont assis sur deux bancs, un pour les filles et un pour les garçons, de part et d'autre de l'allée centrale, juste devant le chœur et l'autel. Les cheveux de la Nini, rares et gris, sont tirés en arrière et rassemblés sur sa nuque en un chignon maigre et dur, piqué d'épingles noires. Il n'aime pas surprendre entre les mèches de cheveux de la Nini la peau rose de son crâne qui est restée jeune et semble déplacée sur sa tête ; ça le gêne, mais il n'en parle pas, ni avec les autres enfants du catéchisme, qui se moqueraient, ni avec sa sœur. Il ne saurait pas dire comment la Nini est habillée, elle est grise et noire, et, après le catéchisme, il garde un long moment dans l'oreille le crincrin entêtant de sa voix. Sa sœur, elle a onze mois de plus que lui et suit aussi le catéchisme, assure que la Nini a les yeux jaunes comme ceux de la chatte rayée qui a fait trois petits dans la grange sous les bottes de paille ; il peine à la croire mais, pour vérifier, il faudrait s'approcher et garder la bouche ouverte pendant toute la leçon parce que la Nini a mauvaise haleine.

Tous les enfants le disent, qu'elle pue du goulot, ils le disent avec cette expression, à voix basse, et n'emploient pas le mot gueule qu'ils connaissent mais qui n'irait pas pour elle ; ils le sentent, sans bien savoir pourquoi, sans doute à cause de la famille de la Nini, de son frère aîné le notaire et de ses deux sœurs vieilles filles qui possèdent dans la commune et dans la vallée plusieurs fermes louées à des paysans. C'est comme ça, on respecte la famille, on dit, la Nini pue du goulot, et ça suffit. On le sait avant même la première leçon, on se prépare, on ruse, on se retient de respirer par le nez, voire de respirer tout court, le plus longtemps possible ; c'est presque un jeu et ça fait passer le temps. La Nini raconte l'histoire sainte et on ne comprend pas tout ; même sa sœur qui est la meilleure élève de l'école ne connaît pas certains des vieux mots de la Nini qui sont racornis comme les gants de toilette oubliés dans un coin du bac à douche. Après le catéchisme, quand ils remontent à la ferme et sont seuls, tranquilles, sur le chemin creux entre la route et la maison, sa sœur recommence l'histoire ; elle explique très bien et décrit les images, mais il n'ose quand même pas lui parler du crâne rose de la Nini. Il garde ça pour lui et ne peut pas s'empêcher de penser à la peau des petits veaux morts ; il sait comment son père et Félix la prélèvent sur le cadavre et la posent ensuite sur le dos d'un autre veau vivant pour que la mère du veau mort accepte de lui donner son lait. Il faut faire vite, l'odeur ne doit pas se perdre, c'est une question d'odeur, il le sait, on n'a pas expliqué mais il a tout vu, et il se demande d'où vient la peau rose et jeune du crâne de la Nini.

La Nini a un livre, elle ne le regarde pas quand elle raconte les histoires, elle le tient serré contre son gilet de laine noire, elle sait tout par cœur. À la fin de la leçon, elle ouvre le livre et montre des images en couleurs qui illustrent l'histoire. Elle ne dit plus rien et se tient raide, le menton levé, ses mains rouges et petites posées de chaque côté du livre pour le garder bien ouvert. Les doigts de la Nini sont gonflés et raides, ses ongles épais sont coupés court. Certains enfants s'approchent pour regarder de près les images en retenant leur respiration. Il a remarqué que les filles le font davantage que les garçons ; il ne sait pas comment elles peuvent rester aussi longtemps sans respirer devant le ventre de la Nini, son livre et la rangée de petits boutons gris qui ferment son gilet. Il voit les images de loin, tant pis, il préfère. La première fois, il ne s'est pas méfié, il n'a pas fait attention, il a respiré l'odeur de l'intérieur du corps de la Nini qui, ensuite, est restée sur lui, dans sa peau, entre ses dents, au fond de sa bouche, pendant plusieurs jours. Il s'est senti comme une bête déjà morte. Il ne recommencera pas.

Par Denis qui habite le bourg et dort avec ses frères dans une chambre dont la fenêtre donne sur l'arrière de la maison de la Nini, on sait qu'elle a quatre poules apprivoisées, deux noires et deux rousses, et qu'elle parle à ses lapins. La maison qu'elle habite avec ses sœurs est une grosse maison, avec sept fenêtres, quatre en haut, trois en bas, une porte large à deux battants et des sculptures dans la pierre grise qui encadrent cette porte comme si deux gros serpents dont on ne verrait pas la tête gardaient l'entrée. Le samedi, quand sa mère va faire les commissions à l'épicerie, elle gare toujours la voiture en face de chez la Nini. Il ne rentre pas dans l'épicerie, il n'aime pas être au milieu des femmes qui lui parlent et lui touchent les cheveux. Il préfère attendre assis à sa place dans la voiture et regarder cette maison qui ne ressemble pas à celles qu'il connaît. Les quatre poules de la Nini et ses clapiers à lapins sont derrière la maison, dans une cour rectangulaire qu'il peine à imaginer. Denis raconte que la Nini sort par une porte basse ouverte dans la façade arrière, qu'elle appelle ses poules par des prénoms et ne jette pas le grain autour d'elle comme le font les autres femmes. Elle se penche, garde le grain dans le creux de ses deux mains et les poules viennent le picorer, deux dans chaque main, les noires d'un côté, les rousses de l'autre. Denis insiste sur ce détail et il se demande s'il faut le croire, mais il garde ses doutes pour lui parce que Denis se met en colère quand on lui pose des questions et n'aime pas être interrompu. Denis dit aussi que les prénoms des poules de la Nini sont bizarres, il ne les comprend pas et ne peut pas les répéter, peut-être que la Nini parle dans une langue étrangère ; mais on connaît par cœur la phrase qu'elle dit à ses lapins en ouvrant les clapiers trois fois par jour : les lapins, voilà maman. Il aime cette phrase et imagine la joie de la Nini et des lapins. Denis précise aussi que la voix de la Nini devant les clapiers n'est pas du tout la même qu'au catéchisme, on dirait presque une voix d'homme comme si elle était devenue une autre personne.

Pour la confession, avant la première communion, c'est carrément le curé qui explique à tous les enfants du catéchisme, grands et petits mélangés. La Nini se tient un peu en retrait derrière lui et ne parle pas. Le curé explique, avec tous les détails, ce qu'il faut faire, se mettre à genoux dans le confessionnal, à droite ou à gauche, en laissant bien retomber le rideau derrière soi dans son dos, attendre, dire la liste toute prête de ses péchés, attendre encore un peu avant de savoir combien de prières on doit réciter pour obtenir le pardon des péchés, ressortir du confessionnal en faisant le signe de croix avec la bonne main et dire les prières de la pénitence. Dans l'église. Le curé précise. Dans l'église. Sinon ça ne va pas, ça ne serait pas valable, il faudrait tout recommencer. La question de la liste des péchés l'a beaucoup préoccupé pendant les jours qui ont précédé cette première confession. Il s'est appliqué. Le curé avait insisté, il fallait préparer la liste et sa sœur avait confirmé, mais comment savoir ce qui était un péché et ce qui n'en était pas un. Il n'avait pas bien compris et n'avait pas osé demander des précisions, même à sa sœur. Il aurait préféré ne pas avoir l'âge de se confesser, maintenant qu'il a commencé, il va devoir continuer au moins jusqu'à la grande communion. Plus tard il ne sera peut-être pas obligé, les femmes continuent à se confesser mais pas les hommes. Son père et les autres pères, ou bien Félix qui travaille à la ferme et vit avec eux, ne se confessent pas, il a remarqué ça et sa sœur aussi. Elle a ajouté que certaines femmes s'en dispensaient, elle a employé ce mot un peu bizarre et il a senti qu'elle n'avait pas envie d'expliquer.

Il est embarrassé et retourne dans sa tête des exemples de péchés ; penser que la Nini pue du goulot, le dire et se moquer avec les autres enfants, rire avec eux, aller remplir une chopine de vin pour Félix au tonneau dans la cave en cachette des parents, se demander d'où vient la peau rose du crâne de la Nini et la comparer à celle des veaux morts, avoir envie que son père meure, donner un coup de pied au chien sous la table, oublier de donner à boire aux lapins qui sont enfermés dans leur clapier et ont trop chaud. Il pourra parler des oublis avec sa sœur, elle l'aidera, il oublie souvent de faire des choses qui sont obligatoires, on dit qu'il n'a pas de tête. Sa sœur n'oublie jamais rien. Il n'ose pas parler de la peur avec elle, il ne sait pas si sa sœur aussi a peur tout le temps, ni si la peur est un péché. Il pense qu'il n'aurait plus peur si leur père mourait. Il réfléchit à ça quand il ne dort pas la nuit ; la peur commence avec son père. Souvent il ne dort pas, son ventre est dur et serré. Ensuite, dans la journée, les adultes disent qu'il a une petite mine, qu'il faut qu'il se réveille, que c'est pas le moment de roupiller. Personne ne sait qu'il ne dort pas la nuit, même pas sa sœur puisqu'elle est dans sa chambre, de l'autre côté de la cloison, et qu'il ne fait pas de bruit, il ne se retourne jamais dans le lit. Il ne bouge pas, il attend que ça s'arrête.

Il est entré dans le confessionnal en même temps que sa sœur, elle à gauche, lui à droite. Il regarde devant lui dans le noir du confessionnal qui sent la poussière froide, sa tête est penchée, ses oreilles sifflent et il ne peut plus avaler sa salive. Il ferme les yeux et il bouge ses orteils dans ses chaussures, ça n'est pas interdit, le curé n'a rien dit à ce sujet. Il entend des bruits, le bois du confessionnal craque doucement ; il dit la liste toute prête des péchés préparés, il en oublie peut-être un ou deux et il ne reconnaît pas ses paroles. Il attend encore un peu. Un Notre Père et un Je vous salue Marie ; la voix du curé semble venir de très loin et de tous les côtés à la fois. Il s'en tire bien, il est soulagé, il respire. Il ouvre les yeux et il sort à reculons en respirant l'odeur fade et molle du rideau qu'il n'avait pas remarquée en entrant dans le confessionnal. Il ne regarde pas sa sœur quand il passe devant elle pour aller s'asseoir sur le banc des garçons et faire sa pénitence, mais il sent ses yeux posés sur lui. Plus tard, dans le creux du chemin, elle récapitule tout et ne comprend pas comment il a pu sortir aussi vite du confessionnal, même pas deux minutes après elle ; elle se plante au milieu du chemin et répète en secouant la tête, même pas deux minutes. Il ne dit rien, on ne peut pas tout comprendre, c'est la magie de la confession, il y croit et il est content quand même.

LITURGIE

Le dimanche matin, il fallait lui laver le dos. Il s'enfermait dans la salle de bains. Il était le père, il avait le droit. Elles étaient dans la cuisine, les sœurs, les trois. Elles entendaient les bruits, l'eau, le rasoir électrique, les coups sourds dans la tuyauterie quand il fermait un robinet, les chocs légers sur la tablette de verre, le flacon d'après-rasage Mennen, le peigne. Il se rasait d'abord. Ensuite il entrebâillait la porte. Il ne se montrait pas. Il disait un prénom. Elles savaient. Elles allaient, chacune persuadée d'être appelée plus souvent que les deux autres. Elles entraient dans le corps de la salle de bains, dans son haleine. La buée était rose, d'un rose tendre et tiède de sous-vêtements. À cause des murs. La mère avait choisi la couleur au moment des travaux. Les murs étaient grumeleux comme la peau des poules mortes et plumées. La salle de bains avait été aménagée dans une ancienne alcôve. Elle était rectangulaire et n'avait pas de fenêtres. Elle jouxtait une pièce jumelle que ceux de la maison appelaient le débarras. Le débarras sentait fort, la salle de bains aussi. Derrière ces deux portes peintes en jaune du côté de la cuisine, chacun déposait, papiers, ordures, linge sale dans un meuble de formica bleu clair, crasse des mains, des pieds, de toute la machine, chacun se dépouillait.

Les traces étaient là. Les médicaments étaient là, pour les bêtes dans le débarras, pour les gens dans la salle de bains ; les choses attendaient, des outils, les semences pour le jardin, deux blouses de la mère, son tablier en plastique, un séchoir à cheveux, des pantoufles racornies, vaguement gluantes à l'intérieur à l'endroit des orteils, des bigoudis mauves, des bassines, des paniers, un escabeau, de vieux calendriers du Crédit Agricole que la mère utilisait pour démouler les tartes, des boîtes de cirage vide et des chiffons maculés, le gyrophare du tracteur et des gants de toilette raidis, figés dans un coin du bac à douche.

Il ne se lavait qu'à l'eau très chaude. Il était le père. Il avait droit à ce confort de l'eau très chaude et abondante. Il payait tout. Il gardait l'argent de la semaine dans une boîte métallique qu'il rangeait dans l'armoire à côté des piles de mouchoirs, les blancs d'un côté, les mouchoirs de couleur de l'autre. L'argent pour vivre était là. Il disait quand elles seront grandes elles resteront avec moi parce que j'aurai de l'argent pour leur acheter des robes. Tout était à lui, il avait tout payé, la maison, la grange et l'étable, les terres, les bêtes. Il avait donné là le plein de ses forces d'homme. Il pouvait exiger que l'on ne fît pas la vaisselle quand il était à la salle de bains. Son confort en eût été amoindri. Il eût été mécontent. Il ne fallait pas le mécontenter.

La buée du dimanche matin était rose. Vers neuf heures il traversait la cuisine, son linge propre sous le bras, tricot de corps sans manches, slip kangourou et, de novembre à avril, caleçons longs. Il s'enfermait.

Il ne sentait jamais mauvais. Pourtant les gros travaux, les bêtes, les vaches, les cochons, il était dedans, tout le temps, le fumier, le petit-lait. Il ne sentait pas. Il allait, vif et solide, taillé pour ne pas mourir. Son corps était court et dur. Il en avait un usage que ses filles ne savaient pas. Elles ne devaient pas le savoir.

Le linge de corps du père était toujours repassé. Il le fallait. Quand elles étaient à la pension, Madame Chassagnoles venait deux fois par semaine. Elle était vieille. La maison n'était pas tout à fait propre. Ça ne gênait personne. Mais pour le linge de corps il voulait la perfection, le souple, le doux qui se tend sur la peau, immédiatement tiède. Madame Chassagnoles s'appliquait. Elle avait toujours connu le père. Elle savait son histoire, et qu'il avait acheté la ferme avec les yeux, et tout emprunté, et tout remboursé et tout payé, et que maintenant tout était à lui. Il avait le droit.

Il disait qu'il entendait pousser l'herbe et qu'il était le dernier. Il avait son royaume. Il avait voulu pour la maison la salle de bains et le chauffage central. Les cloisons de planches avaient été abattues. Des hommes étaient venus, ils avaient tout fait, les cloisons de brique, le plâtre, la plomberie, l'électricité, la peinture. La mère avait choisi le jaune, le rose. Pour le carrelage aussi elle avait choisi, brun-roux, partout, dans la cuisine, la salle de bains, le couloir. On n'avait touché à rien en haut, mais dans la chambre des filles, la chambre carrée au-dessus de la cuisine, on avait posé un radiateur. Les travaux avaient eu lieu en 1976, pendant l'été de la grande sécheresse et des Jeux olympiques de Montréal.

Le père avait toujours froid aux pieds. Il portait dans ses bottes de caoutchouc des chaussons de laine lie-de-vin. Il avait acheté pour l'hiver des chaussures montantes fourrées. Il aimait s'asseoir sur le banc, adossé à la table de la cuisine, les pieds dressés en appui sur le rebord du four de la cuisinière. Ainsi, il tournait le dos à la télévision. Il disait qu'il périrait par le bas. Il faisait des cures de liqueur hépatique Schoum. C'était jaune vif. Les bouteilles vides restaient dans le bac à douche, avec le bouchon, alignées. Il buvait à même le goulot. Les yeux du père étaient jaunes aussi dans la lumière. Il fumait sans bruit du tabac gris roulé dans des feuilles de papier Job. Il gardait la cigarette éteinte à la commissure des lèvres. Il l'oubliait. Avant d'entrer dans la salle de bains il la déposait sur le rebord d'une soucoupe blanche qui servait de cendrier. En sortant il la reprenait.

Il traversait la cuisine, son linge sous le bras, et elles attendaient. Il disait un prénom et elles allaient, l'une ou l'autre. Elles entraient dans la chair morte de la salle de bains, dans sa viande, muettes, hors d'elles-mêmes, en service dominical et commandé. Le père était appuyé au lavabo, les deux bras tendus. Bras blancs au-dessus du coude. Il présentait ainsi son dos légèrement arrondi, dos offert, bras entrevus dans la buée moite. Le reste du corps du père n'existait pas. À peine la naissance de la nuque, brune, très tôt barrée de cheveux noirs.

Le gant était posé sur le bord du lavabo. Préparé, savonné. Il fallait glisser la main, la droite, à l'intérieur, écarter les doigts pour tendre le tissu, et frotter, masser le dos du père. S'attarder concentriquement sur les omoplates et la naissance des reins, juste au-dessus de la bande élastique du slip kangourou blanc. Strier la ligne creuse de la colonne vertébrale. Plusieurs fois. Puissamment et en souplesse. Veiller à ne pas empiéter sur les aisselles, domaine réservé, comme l'étaient les flancs et les côtes, à la seule main du père. Veiller surtout à ne pas presser le gant qui, bien que gorgé d'eau très chaude, elles en sentaient la morsure, ne devait pas se répandre en gouttes inopportunes qui eussent coulé le long du dos et se fussent perdues là où le père cessait d'avoir un corps.

La peau était blanche, lisse, glabre, trouée sous l'omoplate gauche d'un grumeau sombre cerné de brun. Elles parlaient, les trois, de la verrue, de la pustule, du chancre. Elles savaient les mots. Au pensionnat elles étaient les meilleures élèves, elles lisaient tous les livres. Elles ne disaient pas le père. Entre elles, elles disaient le vieux. Dans la vie elles s'arrangeaient, elles ne l'appelaient pas.

En l'absence de toute consigne paternelle concernant cette part bubonique de lui-même, dont elles pensaient qu'il ignorait l'existence, elles attribuaient au grumeau une susceptibilité certaine et de puissants pouvoirs. Le moindre contact de l'eau, du savon ou du gant, eût assurément déclenché une catastrophe et signé l'arrêt de mort du père, inscrit dans sa peau. Il ne tenait qu'à un léger écart de leur main, à peine perceptible, il ne tenait qu'à elles de donner l'impulsion à la tumeur, de précipiter le mûrissement du bubon qui eût rongé la chair blanche du père, dans les gueulardes douleurs et l'incoercible puanteur des longues maladies pudiquement tues, bouches pincées, mains nouées, genoux serrés, dans les avis d'obsèques de *La Montagne Centre France*.

Elles lisaient les avis d'obsèques. Elles attendaient. Elles surveillaient le bubon. Il demeurait. Elles ne le touchaient pas. Elles n'essuyaient pas le dos du père. Elles le rinçaient, une seule fois, sommairement, avec un autre gant préparé par lui et posé de l'autre côté du lavabo. Il ne disait rien. C'était fini. Elles sortaient, la main droite humide et le bout des doigts fripé. Il refermait la porte derrière elles, à clef.

La cuisine était vide. Les sœurs n'étaient plus là. Elles reprenaient pied. Seule, chacune, dans le cours des choses. La buée de chair rose les auréolait un instant. Il n'était pas plus de neuf heures et demie. Elles seraient prêtes pour la messe de dix heures.

Octobre 1996.

ALPHONSE

Alphonse était un doux. Il aimait les travaux de femme, et tout particulièrement les soins du linge. Il reprisait admirablement. Les draps de lin bis, les chemises de toile fine, les services de table trop longtemps pliés dans les armoires, rien ne le rebutait. Il avait les mains petites et cousait au long des après-midi, dans la cuisine vide, tassé sur une chaise basse, devant la fenêtre qui donnait sur la cour, et au-delà, sur les prés, sur les terres où sont les vrais travaux, ceux des hommes. Il ne cousait pas devant les autres, seulement devant sa sœur, qui ne le gênait pas, parce qu'elle n'était pas tout à fait les autres. Il ne fallait pas que les ouvriers le voient. Il était de la famille. On ne pouvait pas expliquer ces choses-là. On n'avait pas à les expliquer. C'était comme ça. Sa sœur ne lui avait rien dit. Il avait compris seul, la première fois, quand il avait senti le regard gris de son beau-frère posé sur lui, sur sa nuque, sur son dos. Il avait eu peur.

Il avait peur de cet homme vif et sec qui avait pris Germaine et la battait parfois. Alphonse l'avait vu. Sa sœur pleurait. Elle répétait : « Mon pauvre Alphonse ! Mon pauvre Alphonse ! » Elle lui disait aussi de s'en aller. Elle ne voulait pas être vue ainsi, défaite. Elle lui parlait durement. C'était difficile. Il montait au grenier, ou il allait au jardin, dans le cabanon des outils. Il s'asseyait par terre, et il attendait. Souvent il s'endormait. Quand il revenait, c'était fini. Ils se taisaient. Ils étaient même parfois tous couchés. Sa sœur avait laissé pour lui un bol de soupe sur le coin de la cuisinière. Elle ne l'oubliait jamais. La soupe était chaude. C'était bon.

Lui on ne le battait pas, pas quand il était chez sa sœur. À Sainte-Geneviève, les premières fois, c'était arrivé ; les plus furieux l'avaient frappé, pour rien, pour un morceau de pain au réfectoire, pour une place sur un banc, dans la cour ou au jardin. Les surveillants étaient venus, avaient cogné, un peu au hasard. Il avait vite appris à se méfier de quelques-uns. Ils n'étaient pas nombreux ; c'étaient toujours les mêmes, un très grand, maigre, deux gros qui sentaient mauvais. On se lavait peu à Sainte-Geneviève. Alphonse souffrait des odeurs des autres, de toutes leurs odeurs, de pied, d'urine, d'excrément, de vieille sueur, de nourriture. Au dortoir surtout, ça le prenait ; il respirait pourtant le moins possible, et par la bouche. Mais c'était en lui, dans sa peau, sous ses ongles, entre ses orteils, dans ses narines, ses oreilles, dans les plis de son linge, et jusque dans son nombril. Il en était certain. S'il avait pu se pencher suffisamment pour le sentir, il l'aurait fait. Il soignait le plus possible sa toilette, mais les lavabos étaient collectifs et l'eau distribuée avec parcimonie. Il fallait être comme tout le monde, être sale, vivre dans la nausée de sa propre viande. Le pire, à Sainte-Geneviève, c'étaient les bouches, les bouches et les dents des autres, des chicots, des crocs, jaunes, noirs, pourris, puants. Alphonse ne voulait pas que les bouches des autres s'ouvrent devant lui, que leurs odeurs entrent en lui. Il ne parlait qu'à deux ou trois personnes, choisies entre toutes parce qu'elles ne sentaient rien ; rien ou le propre ; parce que, comme lui, elles changeaient fréquemment leur linge, suaient peu, se lavaient autant qu'il était permis, et avaient de bonnes dents.

Aux autres, à tous les autres, il tournait le dos. Il n'aurait pas voulu le faire, mais il ne pouvait pas s'en empêcher. On avait fini par le laisser tranquille. Il ne voulait pas blesser les gens, mais leurs bouches, et leurs yeux, leur regard, tout le visage, toute cette peau, c'était impossible. Il ne fallait pas regarder les autres, ni les respirer. Il n'avait de toute façon rien à dire à personne. On ne le soignait plus depuis longtemps à Sainte-Geneviève ; on se contentait de le prendre quand ça n'allait pas, quand ça allait tellement mal qu'il ne voulait plus se lever, plus manger, plus rien. Il n'avait plus la force. Il arrivait toujours en ambulance et repartait par le train, avec sa sœur. On lui écrivait, ou on lui téléphonait à la ferme, et elle venait. Seule. Jamais Alphonse n'était monté dans la voiture de son beau-frère. Elle n'était pas pour lui. Il aimait traverser le village, en sortant de la gare. Il suivait sa sœur. Les gens leur disaient bonjour. À certains il répondait, lui, Alphonse. Il était tout de même chez lui. Il était né dans le village. Il les connaissait tous, un par un, les gens, et il savait lesquels étaient cruels, lesquels étaient bons. Il savait. Il était devenu prudent. Il avait appris.

À la ferme, il dormait au grenier. Sa sœur avait aménagé un coin pour lui. Il avait toujours eu des coins dans les maisons, sous les escaliers, dans les embrasures des fenêtres, ou à l'étable. Chez les parents, il avait aimé sa chambre de l'étable. On l'appelait la chambre des bêtes. L'hiver, quand les veaux naissaient, au plus noir de l'hiver, en décembre, en janvier, il fallait un homme dans la chambre des bêtes. Son père, ou, plus tard, son frère, l'aîné, prenait alors sa place. Lui, il n'aurait pas pu, il n'aurait pas su, aider la vache en mal de veau, faire les bons gestes, tirer, avec une corde, ou à pleines mains gluantes, empoigner cette chair moite, neuve, molle encore, comme indécise et terriblement vivante. Ça le dégoûtait un peu. Il avait peur aussi. Parfois le veau ne venait pas normalement. Le père enfonçait son bras jusqu'à l'épaule dans le ventre chaud de la vache. Il n'aurait pas su le faire ; son frère, lui, avait appris. Le père le lui avait montré, et Cassette aussi, que l'on appelait dans les cas extrêmes, plus volontiers que le vétérinaire. Cassette habitait à l'autre bout de la commune, mais toujours, il arrivait quand tout allait mal ; le père s'énervait et la mère chiffonnait son tablier, parlait à la vache, l'appelait par son prénom. Elle savait, elle, ce qu'il en coûtait. Les vaches avaient des prénoms de femme. Les mains de Cassette étaient grandes, longues. Elles pouvaient beaucoup, mais elles ne pouvaient pas tout. Parfois, le veau mourait, ou la vache, ou les deux.

Le père criait. C'était beaucoup d'argent perdu, un malheur. Lui, il se cachait, dans la grange, dans le foin. Il ne voulait pas que son père le voie. Dans ces moments-là, il ne fallait pas. Sinon, il le dirait, il le dirait encore, que le malheur, c'était lui. Avoir un fils comme lui, c'était ça le malheur, avoir un Alphonse. C'était devenu une injure, dans la bouche du père, Alphonse, un mot dur, qui ne passait pas. La grosse boule se coinçait dans le cou du père, sous la peau. Alphonse le voyait, que son père s'étranglait de le savoir là, en trop. Ils avaient eu l'aîné, et la Germaine ; c'était bien. Alors pourquoi celui-là, qui était né malade, et ne serait jamais fort ? Pourquoi ? Il fallait supporter. Mais le père était fatigué, fatigué de vouloir, contre les hivers, contre les orages d'été qui pourrissaient les foins, contre les mauvais chemins où les pieds des bêtes s'infectaient; fatigué de vouloir malgré ce fils qui ne serait ni un homme ni un paysan, qui ne serait rien; une charge, un poids mort pour son frère et sa sœur. Le père ruminait longuement ces choses, qu'il crachait parfois, quand ses mains tremblaient trop et qu'il n'en pouvait plus de tenir.

Il ne battait pas Alphonse. Il aurait eu honte. Tout se savait dans le bourg. Les femmes, les vieilles surtout, avaient des regards de poules effarées, furtifs et précis. Il ne voulait pas que l'on parlât d'eux. Il avait de l'orgueil. Les autres enfants s'étaient déjà trop moqués d'Alphonse quand il était allé à l'école. Ça n'avait pas duré longtemps, deux ou trois ans peut-être, quand Madame Duriff était encore là. Alphonse l'avait beaucoup aimée. Elle était vieille; elle ne criait pas; elle était douce, soignée, blanche, pas comme les autres femmes qu'Alphonse connaissait et dont il avait peur. Elle sentait bon. Elle l'avait apprivoisé. Elle lui avait appris à lire, d'abord les grosses lettres, ensuite les petites, dans le journal. On s'était beaucoup étonné, à la maison, qu'Alphonse pût lire alors que la mère elle-même déchiffrait difficilement. Mais compter? Pourquoi n'avait-il pas aussi appris à compter? Sans doute Madame Duriff était-elle partie trop tôt. Le nouveau maître, un homme jeune, n'avait pas eu la patience. Compter, compter l'argent, les bêtes, les choses, les mois, le temps, tous comptaient, les vieux, les jeunes, sur les doigts parfois. Alphonse n'avait pas appris. Il n'avait pas non plus été enfant de chœur. L'abbé n'avait pas voulu. Alphonse l'avait trop dérangé au catéchisme qu'il avait suivi jusqu'au bout. Il avait même fait ses deux communions, la petite et la grande, avec les autres. Ça, on n'avait pas pu l'empêcher, le refuser à la famille. On avait seulement reculé d'une année les communions de Germaine, afin qu'elle marchât à son côté dans le cortège, pour le surveiller, l'empêcher de mal faire, de ne pas être comme les autres, de déborder, de montrer à tous ce que seule la famille pouvait voir et supporter.

La première fois qu'il était allé à Sainte-Geneviève, il avait dix-huit ans. Germaine était jeune mariée. Elle vivait à l'autre bout du village, de l'autre côté de la rivière. Alphonse savait qu'il aurait pu aller seul chez elle. Il ne se serait pas perdu; il aurait su traverser la rivière; il aurait suivi la route et pris le pont, comme tout le monde. Mais la mère ne voulait pas; elle disait qu'il ne saurait pas, qu'elle était trop vieille et trop fatiguée pour courir encore derrière lui... que le beau-frère et sa mère surtout ne voulaient pas... qu'à cause de lui, la Germaine devait filer doux, se taire, et courber le dos plus que toutes les autres femmes; encore bien beau qu'elle ait trouvé à se marier... si le père avait été là, les choses auraient été différentes... Un homme, ça peut discuter, surtout un homme comme le père... Mais il était parti trop tôt le père, encore jeune, usé par tout ça... et elle, une femme, elle n'avait rien pu... Que Germaine se marie, même dans cette famille qui la regardait de haut à cause d'Alphonse et profitait de la mort du père, c'était encore le mieux qui puisse arriver; Germaine, malgré tout, avait fait maison; un jour, elle serait maîtresse chez elle... Le gendre était dur; il ne voulait pas les voir, eux, la mère et Alphonse, alors que dans toutes les familles, il y a quelque chose. La tête, c'est le pire; on ne peut rien contre ça, et ils peuvent même vivre longtemps, s'ils n'ont pas d'autre maladie; et, dans les familles, ça revient; ça peut toujours revenir. Germaine aurait des enfants, certainement. Tout le monde y pensait. Pour Alphonse, au début, on n'avait rien remarqué, pas avant six ou sept ans, quand on avait parlé d'aller à l'école et qu'il faisait encore pipi, qu'il ne parlait presque pas. Le médecin avait dit « retardé », et

Madame Duriff, heureusement, avait bien voulu le prendre, à condition qu'aux récréations Germaine s'occupât de lui. Il fallait le surveiller, être avec lui tout le temps, surtout pour empêcher les autres garçons de lui faire du mal. C'était dur d'être la sœur du «pisseux». Ils ne jouaient à rien, dans la cour, ou après l'école; il ne fallait pas. Ils devaient rentrer tout de suite. La ferme était un bout du monde. On n'y allait pas par hasard. Personne n'y passait jamais. Elle était le lieu du père, son royaume suffisant, et la lumière et l'ombre y coulaient autour de lui, de ses bras, de son ardeur patiente, de sa force violente à vouloir, à désirer et à faire. Germaine et Alphonse rentraient en suivant les chemins creux. Quand les ornières s'emplissaient de neige durcie, ils glissaient sur leur cartable et riaient dans le soir bleu. Alphonse ne connut pas d'autre douceur.

Après la mort de la mère, il rejoignit Germaine dans la maison de son mari et de ses beaux-parents. C'était entendu depuis le mariage : au moment du partage, Germaine hériterait à la fois d'Alphonse et de son bien; l'un n'allait pas sans l'autre; la belle-famille le savait qui fondait de solides espoirs sur la constitution fragile de ce frère saugrenu. Alphonse survécut cependant à sa mère et s'obstina à vivre, poussant l'incongruité jusqu'à ralentir notablement la fréquence de ses séjours à Sainte-Geneviève. On ne lui aurait pas confié le soin de bétail, mais il sut se montrer habile et patient avec ses deux neveux dont il s'émerveilla longuement. Quand tous étaient pris dans le harassement sempiternel de la terre et des bêtes, il eut, pour veiller sur eux, des tendresses de femme. Ses mains légères s'attardaient sur les fronts, les bras, les cous lisses et fermes des petits que le sommeil avait pris. Le babillage sans suite des nourrissons l'enchanta. Là où il n'y avait rien à comprendre, tout était dit par la bouche neuve des enfants. Le second de ses neveux naquit malade. Pour cette chose vagissante qui voulait vivre, Alphonse fit montre d'une dévotion extrême, veillant des nuits entières pour bercer l'enfant. Le nourrisson, très vite, sut reconnaître sa voix, et ne cessa de geindre qu'auprès de lui, dans son odeur tiède, pris dans un babil partagé, intelligible d'eux seuls. Pour la première fois, Alphonse fut nécessaire à quelqu'un. Il s'en réjouit à sa manière, singulière et indéchiffrable.

La force de l'usage voulait, cependant, que les hommes ne s'occupassent pas de leurs petits, laissés aux soins exclusifs des femmes, jeunes ou vieilles, dont c'était la grande affaire. Alphonse allait contre l'ordre des choses établies, et on sut lui faire entendre qu'il ne devait pas se montrer dans le village avec les enfants. On se serait moqué. Déjà les femmes parlaient... Il arriverait un malheur ; Germaine le regretterait ; elle aurait bien pu faire comme les autres, qui s'arrangent du travail de la maison, de celui de la ferme, et de l'élevage des enfants... et encore, elle n'en avait que deux... Sa belle-mère était une personne difficile, mais elle n'aurait pas laissé les petits sans soin. Alphonse ? Qui pouvait compter sur Alphonse ? Il fallait être sa sœur pour imaginer une chose pareille. Confiné à la maison ou dans la cour de la ferme, Alphonse avait oublié les langues terribles des femmes. Son beau-frère, parfois, rentrait furieux, gonflé de colère, et Alphonse supposait alors qu'on avait parlé contre lui. Il avait une longue habitude des mots durs ; ça ne le gênait plus beaucoup, depuis longtemps, à condition que les enfants lui fussent laissés. Tout se passait là, dans leurs cris, leurs rires, leurs jeux, dans les repas et les soins du corps ; entre eux et lui, de peau à peau, et les autres n'existaient plus, ou si peu. Les autres n'avaient plus de pouvoir ; seule Germaine, parce qu'elle était la mère et la sœur, conservait une place, qu'elle ne se souciait pas d'occuper, absorbée qu'elle était par les travaux de la ferme, ceux qui rapportent de l'argent au lieu d'en coûter. La vocation inespérée d'Alphonse permettait d'économiser le salaire d'une bonne, et, dans une maison où l'on avait toujours su compter, chacun appréciait à sa juste mesure le service rendu. On ne témoigna cependant aucune reconnaissance particulière : ça n'était pas l'usage, et nul n'aurait songé à s'incliner devant un demeuré notoire sous le seul prétexte que, pour la première fois de sa vie, il se montrait enfin capable de servir à quelque chose.

Les garçons grandirent. Très tôt, ils avaient su de quel côté était la force. Ils craignaient leur père et voyaient qu'il méprisait Alphonse. Entrant dans le monde des hommes où il fallait être dur, devenant des petits d'hommes, vifs, drus de corps et silencieux, ils cessèrent de le considérer. Ils n'avaient plus besoin de lui. Ils avaient appris à vivre avec leur peur, à cacher, à être avec les autres, qui se moquaient d'Alphonse et ne comprenaient pas qu'on leur préférât sa compagnie. L'école, avec ses rites impénétrables et ses jeux, ses batailles et ses luttes obscures, acheva de les prendre. Alphonse retourna à l'insignifiance. Quelque chose d'insupportable commença que personne, autour de lui, ne pouvait comprendre. Il était seul. Il n'en voulut pas aux enfants. Il ne quémanda pas ce qu'ils ne lui donneraient plus. Il resta dans sa douleur et souffrit comme les bêtes, comme les choses muettes. Il souffrit sourdement d'abord, puis à grands coups de corps. Tout se défit en lui, recula, s'affaissa, abandonna la place de la décence ordinaire et partagée. Il n'avait pas trente ans. Il devint un vieillard. Il lui était impossible, puisque inutile, de boire, de manger, de dormir, de se laver. Tout son corps, cependant, continuait, mécanique, opaque ; continuait à produire des gestes, à émettre des bruits, à fabriquer des odeurs et de la matière, des ongles, des cheveux, des poils, du cérumen, de la corne, de la salive. Alphonse fit sous lui et vécut dans cette puanteur. Germaine finit par s'en apercevoir ; elle eut peur et appela Sainte-Geneviève. On vint le chercher. Chacun, au village, sut qu'Alphonse était reparti. On ne s'étonna pas. C'était dans l'ordre des choses anciennes. On pensa que, cette fois, il ne reviendrait pas.

En huit ans, à Sainte-Geneviève, rien n'avait changé. Tous les habitués des longs séjours, ou presque tous, étaient encore là, peut-être un peu plus gris, un peu plus sales, un peu plus abandonnés à ce qui, en eux, ne pouvait pas répondre aux injonctions du monde. Ils avaient vieilli. Alphonse ne les reconnut pas. Il ne se souciait pas d'être là ou ailleurs. Il n'avait pas protesté quand les infirmiers étaient venus le prendre. Il n'en aurait pas eu la force, ni le désir. Il n'avait plus de désir. Il aurait peut-être voulu mourir, si mourir, c'est ne plus souffrir de n'être rien, pour personne. Il ne parlait pas. Il ne pleurait pas. Il n'avait d'ailleurs jamais beaucoup pleuré, ni parlé, depuis l'enfance. Les sanglots hoquetants de sa sœur, et cette parole mouillée, molle, tiède, qui coulait d'elle en toutes circonstances, l'avaient toujours un peu effrayé, comme une chose indécente, crue, trop nue. Il ne fallait pas se montrer. On n'avait pas le droit.

Il resta longtemps couché. On le lavait, on le nourrissait comme un petit enfant. Les femmes de peine l'aimaient bien ; son indifférence leur était un baume, un repos. Il ne se plaignait pas, il ne criait pas, n'était pas violent, ni agité ; il ne cherchait pas à leur toucher les cuisses, les fesses ou les seins ; il ne les empoignait pas, et il n'était même pas laid, ni répugnant. Il ne désirait pas les femmes. Jamais son sexe ne s'était tendu pour la chair d'une femme. Parfois, au matin, ses draps étaient gluants. Il savait que ça sortait de lui, comme un lait, mais il ne le voulait pas, et n'y prenait pas de plaisir. Autrefois, son frère, dans la grange, lui avait montré comment faire durcir, avec ses mains, ce qui pendait là, entre ses jambes comme entre celles de tous les autres. Son frère l'avait fait devant lui, et, devant lui, avait gémi. Alphonse l'avait fait aussi, et n'avait pas gémi. Il ne comprenait pas. Son frère n'en avait plus parlé. Alphonse n'avait pas connu les femmes.

Il ne pensait pas à la ferme, ni aux enfants ; il n'en parlait pas non plus. Il ne parlait d'ailleurs de rien, et répondit à peine aux questions qui lui furent posées, au début, par un médecin novice, pressé de mettre un nom sur sa maladie. Peu à peu, on se borna aux soins du corps, comme on l'avait toujours fait. C'était déjà beaucoup. Il n'en attendait pas davantage. Un matin, il se leva, marcha lentement dans le jardin où il retrouva son banc. Le soleil était d'hiver, blanc et doux. Les choses continuaient, l'herbe rare, les arbres à cru, leur écorce noire tavelée de gris changeants, et le ciel voyageur. Les choses persistaient, Alphonse aussi, au milieu d'elles, sans raison, à tout hasard. Il sortit de cette grande douleur d'abandon vieilli, émacié, lavé. Il se souvenait d'avoir eu très mal ; il se souvenait d'une peur immense. Son corps se souvenait, son ventre, ses mains inutiles. Sa bouche s'était ouverte, s'était tordue, et il n'avait pas crié. Il n'avait pas pu. Du fond de son crâne, au bord de ses yeux, avaient roulé des larmes de fer, et il n'avait pas pleuré. Sa gorge avait brûlé. Il aurait voulu ne pas recommencer. Il lui importait peu de rester à Sainte-Geneviève ou de rentrer à la ferme. Il savait que cela ne dépendait pas de lui. On déciderait à sa place, le médecin, Germaine, son beau-frère, les autres. Il flottait dans le monde des autres.

Il rentra. Germaine ne vint pas le chercher. Un infirmier le conduisit, dans une ambulance blanche. Un automne, un hiver, un printemps avaient coulé; c'était le mois de juin, capiteux, riche, fourré d'herbes longues. L'ombre et la lumière crépitaient dans la cour. Germaine se tenait sous le platane. Elle donnait à manger aux poules; le grain était dans son tablier; elle le vida, le lissa, le tendit sur son ventre épais, d'une main preste, et s'avança vers lui. Elle le prit aux épaules, et le serra contre elle. Il se courba, se laissa faire. Il était beaucoup plus grand qu'elle. Elle pleurait; elle répétait: «Mon pauvre Alphonse; mon pauvre Alphonse.» C'était un accueil.

La belle-mère le toisa, de son fauteuil, le prit dans son regard gris. Depuis le dernier hiver, elle ne marchait plus. Un soir, en se couchant, elle était tombée, la bouche tordue. Personne ne l'avait entendue. Germaine l'avait trouvée, en entrant dans la grande chambre où tous dormaient, dans de hauts lits de bois blond. C'était l'attaque; le docteur l'avait dit, le lendemain matin. Les vieux mouraient ainsi dans la famille: ils n'étaient pas malades; ils n'embarrassaient personne; ils travaillaient jusqu'au dernier moment; ils se sentaient peut-être fatigués, mais ils ne s'en plaignaient pas, et quand ils tombaient, on savait qu'ils n'en avaient plus que pour trois ou quatre jours. Les voisines défilèrent dans la cuisine, buvant du café et rappelant à Germaine la mort du père, de la mère et de la sœur de sa belle-mère... Les garçons rôdaient, circonspects, autour de cette femme de plus en plus grise qu'ils hésitaient à reconnaître. Leur père avait son visage des mauvais jours et chacun attendait en silence. Ça ne traînerait pas... Ça traîna. On attendit en vain. Elle ne mourut pas, et l'on s'habitua à la savoir là, muette et cependant redressée, ragaillardie au point de se tenir droite, raide, dans le fauteuil où son fils l'asseyait chaque matin. Ses yeux étaient gris et durs. Elle voyait tout; elle ne bougeait pas, bouche close, plissée sur des gencives vides; son fils la nourrissait de soupe tiède, trois fois par jour, avant le repas des autres; il voulait être seul avec elle. Il essuyait son menton avec une douceur que Germaine ne lui connaissait pas.

On avait dû engager une bonne pour seconder Germaine. Yvonne avait dix-sept ans. Elle était pâle et blonde, presque gracile, lisse jusqu'à l'absence. Elle supporta tout, le travail harassant et les récriminations continuelles de Germaine, qui se voyait enfin maîtresse de maison et le signifiait avec toute la brutalité de sa sottise longtemps tenue en bride. On payait à peine Yvonne; elle mangeait peu et travaillait à pleins bras, avec une force que l'on aurait difficilement supposée dans un corps aussi malingre. Sans seins, sans fesses, demeurée à l'état de fillette, elle n'éveillait pas le désir. Les ouvriers de la ferme ne la voyaient pas, et le maître non plus, qui aurait volontiers employé une femelle plus engageante, mais y renonça quand il comprit qu'aucune autre femme du pays n'accepterait les conditions faites à Yvonne. Yvonne, elle, accepta, et supporta tout sans avoir même conscience de supporter quoi que ce fût, parce qu'elle n'avait rien connu de meilleur. Elle était fille d'un Polonais de passage, conçue hors mariage, un soir de gros vin, bâtarde et étrangère, née hors du monde et cependant la proie des autres. Sa mère était de l'Assistance, simple et courtaude, placée depuis l'enfance dans une grosse ferme écartée où on l'avait gardée, après qu'elle eut fauté, parce qu'on la savait seule au monde et définitivement corvéable. Yvonne n'avait pas été aimée; elle avait grandi comme grandissent les bêtes, comme poussent l'herbe, les arbres. On la pensait quasiment idiote. L'école l'avait à peine effleurée. Elle avait quitté la ferme première, où l'on n'avait pas de place pour elle, sans rien attendre. Elle ne savait que le travail, la nourriture du corps et le sommeil brutal, bouche ouverte. Elle n'avait pas de rêves. Elle avait connu l'homme, à treize ans, un ouvrier de la ferme qui l'avait déchirée, plusieurs fois, et battue, pour qu'elle ne parlât pas. À qui aurait-elle parlé ? De quoi aurait-elle parlé ? Avec quels mots ? Il était rouge et sentait fort. Il était dur. Il la forçait, il s'enfonçait, entre ses cuisses de fillette, blanches. Elle avait tellement peur, chaque fois, et tellement mal. Il était parti, enfin. Sa mère avait su, et avait crié : tu aimes l'homme ! tu aimes l'homme ! Yvonne n'avait pas compris. Elle n'avait plus grandi.

Yvonne occupait le coin d'Alphonse, au grenier. Elle l'avait d'abord nettoyé, vidé des odeurs de celui qui n'était plus là. On l'avait laissée faire. Elle le croyait mort. On ne lui avait rien dit. Ce trou du mort, propre et brun, lui était devenu familier et nécessaire. Elle n'avait pas eu peur des ombres mouvantes, gonflées de craquements, qui habitaient avec elle le grenier. Les ombres ne pouvaient rien contre elle. Elles parlaient au long des nuits. Yvonne ne les dérangeait pas. Pour la première fois elle s'était crue à l'abri des autres. Au retour d'Alphonse, on la délogea. Il n'était pas envisageable de les laisser seuls dans le grenier, Alphonse et elle, chaque nuit, fussent-ils séparés par un rideau, ou une armoire. Germaine avait bien réfléchi, et parlé avec les autres femmes : on ne savait pas ce qui pouvait lui passer par le corps, à cette fille… Personne n'en aurait voulu… Mais justement… et sa mère n'était pas farouche. C'est toujours le sang qui finit par parler… Alphonse, certes, n'avait jamais eu ces idées-là, et il avait beaucoup vieilli. Mais on voyait tellement de choses… On délogea Yvonne, mais on ne la chassa pas. Germaine s'était habituée à son travail de muette docile, à sa présence soumise.

Les affaires étaient bonnes. On se permettrait cette dépense qui comptait si peu. Alphonse aiderait, selon ses moyens. S'il pouvait recoudre, repriser le linge de toute la maison, négligé depuis des mois, on ne lui en demanderait pas davantage.

Ses neveux lui étaient devenus indifférents. Ils recherchaient parfois sa compagnie ; ils étaient seuls et avaient gardé la mémoire confuse de joies anciennes que Germaine ne soupçonnait pas, et leur père encore moins. Mais Alphonse n'avait rien à leur donner. Il ne se gardait pas ; il ne se défendait pas ; il ne les voyait plus. Ils étaient devenus les autres, indéchiffrables, imprévisibles, à l'égal des bêtes, plus que les arbres, plus que les choses de bois, de pierre ou de terre. Les garçons avaient appris à ne pas poser de questions. Raisonnables, ils s'installèrent à leur tour dans la certitude unanime que leur oncle n'avait pas toute sa tête, et s'accommodèrent de ce qui semblait avoir toujours été.

Alphonse fit ce que l'on attendait de lui. Il retrouva les gestes mesurés et précis des heures de couture, penché sur les chemises, les draps, les serviettes, cerné de corbeilles, enfoncé dans l'odeur douceâtre des pièces de linge qu'il déployait devant la fenêtre, dans la lumière de l'été. Germaine l'avait soustrait au regard des ouvriers de la ferme : il travaillait, le jour, dans la grande chambre carrée où elle dormait, la nuit, avec son mari, ses enfants, et sa belle-mère. Son territoire diurne, marqué de blanc, s'abritait derrière une porte fermée et des volets mi-clos, striés du même soleil violent qui tannait, cuisait, marquetait les nuques, les bras, les mains des hommes livrés, dans tout le pays, aux heures longues du gros travail. Il était du dedans quand ils étaient du dehors, de la douceur quand ils étaient de la force, un quand ils étaient tous. Il avait une place, creusée de solitude blanche et muette. Son grand corps maigre, comme inachevé, indécis, s'y logeait tout entier, à son aise, et il avait oublié que l'on pût avoir d'autres besoins.

Yvonne resta interdite devant Alphonse. Il était le frère de la patronne ; on le lui disait ; il était de la famille, de la maison ; il avait des droits ; à cause de lui, elle avait perdu le grenier. Il était long et blanc ; ses mains surtout étaient longues et blanches, et il cousait ; il s'occupait du linge ; il travaillait comme une femme ; il vivait dans la maison ; il ne parlait pas, on lui parlait peu. Chacun semblait ne pas le voir. Il n'était pas une femme, il n'était peut-être pas un homme. Il était toujours très propre. Autour de lui, dans le cercle pâle du linge, devant la fenêtre, une paix s'installait, coulait, en nappes chaudes, et Yvonne se sentait prise, aspirée par ce miel, dans le silence de la grande chambre, où elle s'affairait furtivement autour des lits, des armoires, de la grand-mère. On couchait la grand-mère, chaque après-midi, pour une longue sieste. Elle ne dormait pas. Elle restait étendue, grise sur le drap blanc, immobile et raidie contre les oreillers, bandée pour ne pas mourir tout à fait, pour tenir encore, tenir et garder, serrer dans l'étau de son regard de fer le dos d'Alphonse, penché sur les corbeilles, les gestes de ses mains qu'elle devinait au seul frémissement des tissus, et peut-être aussi la lumière, ou du moins ce qu'il en restait, de toute la lumière de tous les étés de sa vieille vie.

Le regard de la grand-mère était avide, et Yvonne en avait peur. Elle était écorchée, percée, grattée jusqu'à l'os, par ces yeux qui vivaient dans la chambre. Elle aurait aimé rester, s'attarder derrière Alphonse, qui ne la voyait pas, boire un peu de cette tiédeur qui coulait de lui et lui faisait tant de bien, à elle, la nourrissait mieux que le pain. Elle le sentait, elle le savait, d'une certitude animale. Elle savait aussi, de la même façon, que la grand-mère était mauvaise, que ses yeux portaient en eux la mort. Elle n'allait pas à la messe, mais elle avait fait sa petite communion. Elle n'avait pas oublié ses prières, et elle priait pour que la grand-mère meure, pour qu'elle cesse de vouloir prendre les autres, tous les autres, les vivants, avec elle, dans sa mort longue.

Yvonne fut entendue. La grand-mère mourut, bouche tordue, dans son sommeil, au plus chaud de l'été. Germaine, bien que délivrée, pleura beaucoup, parce que c'était l'usage. Elle se devait d'accompagner ainsi la vraie souffrance, celle du fils, mais elle n'avait pas de peine. Elle allait être enfin seule maîtresse d'une grosse maison. Avec les siens et en mémoire d'eux, elle avait voulu cela, de toute sa patience épaisse et têtue. Elle avait travaillé, à plein corps ; elle avait été battue ; elle avait connu le vouloir ardent de l'homme, et deux enfants avaient déchiré son ventre ; elle avait pleuré, contre l'évier, dans l'eau des vaisselles et des lessives ; elle s'était durcie ; elle avait grossi. Le temps était de son côté. Longtemps, elle n'avait su que cela. Tout lui reviendrait : elle aurait tout pour elle, tout ce qui compte et vaut la peine d'être : les clefs des armoires, la place chaude devant le feu, et les regards assis de ceux et celles, qui, parce qu'ils servent les autres, connaissent le rang des gens et ce qui leur est dû. Elle avait supporté et attendu, et l'autre femme était morte, enfin, la mère, la vieille, qui avait tout tenu entre ses mains et qu'il avait fallu détester en silence, longuement. Germaine se sentit vengée, de tout, et aussi d'Alphonse.

On garderait Yvonne. Germaine se déchargerait sur elle des travaux d'intérieur dont la minutie routinière lui avait toujours pesé. Elle aimait les bêtes, les loges des cochons que l'on engraissait, la cour des poules, la terre brune du jardin, les prés grésillants de l'été ; elle aimait suer, ahaner au plein air de toutes les saisons. Yvonne était bien dressée : la maison serait tenue. L'ennemie avait quitté la place, et Germaine abandonna le territoire du dedans sans état d'âme. Yvonne et Alphonse furent seuls, au long des heures. Ils ne disaient rien. Ils ne changèrent pas leurs habitudes. Le travail restait le même : il commandait leur vie, il les justifiait ; mais ils sentirent, l'un et l'autre, une tiédeur nouvelle entrer en eux. Elle le savait là, derrière la porte. Il entendait Yvonne s'affairer dans la cuisine : il ne la voyait pas, mais il connaissait le bruit des choses. Il savait quand elle frottait la table et quand elle se tenait devant l'évier de pierre, dans le remuement de l'eau. Elle nourrissait le feu qui parlait par elle et craquait à petits bruits. Elle préparait par fournées entières les nourritures grasses et fumantes dont les hommes avaient besoin pour continuer à être, dans le cours affairé des jours. Toute la force venait d'Yvonne, de ses mains, de son corps penché, de son silence blanc. Alphonse comprit cela et il l'aima. Il ne l'aima pas comme on le faisait autour d'eux, avec le ventre, avec la viande, dans le chaud des draps ou la touffeur des granges. Il ne la désira pas. Elle lui devint nécessaire et il eut confiance. Il se donna, et Yvonne le reçut, sans paroles, parce que, pour la première fois, elle n'avait pas peur.

Elle le trouvait beau. Il ne ressemblait à personne. Il avait les yeux bleus. Il était pâle, il était clair, il était doux. Son pas était glissant et léger. Son corps ne sentait pas, ne pesait pas. On ne l'entendait pas, et il était là, dans le carré de lumière de la porte, silencieux et lisse. Parfois, il souriait. Il lui souriait. Il ne donnait pas de coups de pied au chien sous la table ; il ne crachait pas, il ne rotait pas, il ne lapait pas bruyamment sa soupe ; il ne riait pas fort avec les autres, qui beuglaient de toutes leurs dents, gorges ouvertes, quand le maître était d'humeur à plaisanter. Il connaissait les travaux des femmes. Il savait le prix d'un sol bien frotté, d'un drap bien tiré sur des couvertures rafraîchies. Il respectait. Elle eut pour lui de menues attentions de bête furtive, une framboise velue cueillie en cachette au jardin, tiède contre la langue, une feuille de menthe froissée près de la fontaine, qui parfumait les doigts et qu'il humait avant de la glisser dans la poche de son pyjama où elle accompagnait son sommeil dans la paix des nuits.

Avant de les brûler pour allumer le feu, Yvonne déchiffrait par bribes les vieux romans-photos abandonnés par Germaine. Ces histoires n'entraient pas en elle ; quelques mots, cependant, lui étaient restés. Elle avait un amoureux, elle aussi, comme les filles qui sentaient bon et secouaient leurs cheveux brillants, le mardi et le vendredi, quand le camion du charcutier s'arrêtait sur la place, devant chez le garagiste ; les hommes étaient là, en combinaison bleue, les manches roulées au coude sur des avant-bras durs, marbrés de cambouis, les mains grosses et rouges, épaisses, avides de saisir, de palper, de tâter. Dans le désœuvrement soudain de la pause, leurs mains pendaient, comme détachées d'eux, et vivantes. Ils regardaient les filles et elles riaient plus fort. Yvonne avait vu cela, et aussi que les filles parlaient entre elles, et secouaient leurs cheveux, tendaient leurs blouses sur leurs corps ronds. Les filles voulaient être prises dans le regard des hommes, touchées par lui et soupesées déjà, estimées à leur juste poids de plaisir toujours neuf et toujours semblable. Yvonne avait senti cela. Elle n'avait pas envié les filles. Elle savait trop la sueur de l'homme, sa force dardée qui perce, fouaille et fait saigner tandis qu'il geint comme les bêtes.

Quelque chose avait changé : Yvonne avait un amoureux ; elle portait en elle ce beau mystère. Ils avaient un secret. Les autres n'auraient pas compris, ou n'auraient pas voulu. Ils auraient crié ou se seraient moqués. Alphonse et Yvonne existaient à côté d'eux, transparents, oubliés, ravis et lestés de menues merveilles. Sans que nul ne s'en avisât, pas même Germaine, habitée tout entière par l'ivresse de sa liberté nouvelle et de son pouvoir neuf, ils partagèrent leurs travaux. Alphonse sortit de la chambre, du cercle des linges répandus ; il s'occupa du bois et des légumes. De son pas long et égal, il traversait la cour, chargé de paniers qu'il déposait au seuil de la cuisine où était le territoire familier d'Yvonne. Elle ne commandait pas ; il n'obéissait pas ; il avait observé et compris ; il savait ce que dévorait le feu roux et diligent ; il savait ce que réclamaient les ventres des autres, quand, trois fois par jour, la cuisine s'emplissait de leur bruit, de leurs odeurs, de leur respiration, de leur puissance. Dans le silence revenu, les mains d'Alphonse et d'Yvonne, leurs mains se touchèrent au-dessus des vaisselles énormes et minutieuses. Elle en fut émue ; elle le désirait, lui, et il ne savait rien encore de cette attente battante qui, chaque jour davantage, creusait son corps de fille. Dans son sang, sous sa peau, montait une jeunesse sans mémoire. Elle avait confiance ; il ne la prendrait pas comme font les autres hommes, comme avait fait l'autre. Il n'était pas de cette race. Tout serait neuf, et elle aussi.

Alphonse n'imaginait pas cela. Il respirait la douceur d'Yvonne, à lui seul révélée. Il savait la pâleur de sa nuque laiteuse, la clarté de ses yeux noyés de gris. Elle était pour lui comme une enfant. Germaine avait un corps de femme, sous la blouse de Nylon ; Germaine certainement, et aussi les filles qui sortaient de la messe, le dimanche, en gloussant par grappes moqueuses. Toutes celles-là étaient promises au pieu rouge de l'homme. Elles l'appelaient. Mais pas Yvonne. Elle avait trop de blancheur ; elle respirait à peine ; elle n'aurait pas voulu cela, elle, l'homme, entre ses jambes et dans son ventre. D'ailleurs, il n'aurait pas su. Il n'avait pas peur ; il se contentait d'être, dans la coulée des jours, entre la maison, la cour, et le jardin. Le monde n'était qu'un décor, pour elle seule ; les autres avaient déserté. Personne ne les voyait, elle et lui, les deux, voués aux tâches du dedans, infimes et toujours recommencées. Seuls les garçons s'interrogèrent sur ce mystère qu'ils devinaient : d'Yvonne et d'Alphonse sourdait une paix qui n'avait de place nulle part ; les adultes, autour d'eux, ne vivaient pas ainsi. Ils criaient, ils frappaient, ils riaient, ils embrassaient, rarement, ils ne caressaient jamais, si ce n'est les bêtes, parfois. Mais ils étaient du monde, tous ; ils étaient avec eux, du même côté des choses, et pas comme ces deux, évanouis en eux-mêmes, et comme réfugiés loin, très loin, là où, avec les moyens qui sont ceux des enfants, on ne pouvait ni les atteindre ni les blesser. Les garçons n'auraient pas su le dire, et d'ailleurs à qui ? Ils étaient prudents, mais quelque chose se passait là qui leur échappait et les troublait parce qu'ils étaient des petits d'hommes, tôt aguerris, et qu'ils savaient déjà, avec toute leur peau, du fond de leurs os, que l'on ne doit pas se donner, pas s'abandonner, que c'est trop de douleur à risquer.

Yvonne et Alphonse avaient oublié cela, s'ils l'avaient jamais su. Yvonne changea ; elle ne devint pas belle ; elle n'aurait jamais de seins, ni de croupe, ni rien de tout ce qui accroche le regard des mâles et les fait se dresser. Elle ne devint pas belle, mais elle entra en état de désir. Son corps était définitivement d'une vieille enfant, mais elle se savait regardée, et cela se vit. Tous ne le virent pas, parce que les uns et les autres soupçonnaient à peine qu'Yvonne, sanglée de blouses incertaines, harassée de corvées ménagères, pût avoir un corps. Yvonne avait toujours été de la cuisine, souillon promise aux eaux de vaisselle, penchée sur les buées des lessives sempiternelles et comme née d'elles ; par la grâce du regard d'un homme, elle se mit à attendre, à espérer, à vouloir, et sa façon même de marcher, de déplacer l'air autour d'elle, d'aller et de venir entre le fourneau et l'évier s'en trouva infléchie. Une tension légère, imprimée à sa chair maigre, habita ses hanches, son cou, sa nuque, ses mains. Elle cessa d'être intouchable, et il y eut un homme pour s'en apercevoir.

Il venait en journées à la ferme, depuis des années, en renfort, pour les travaux saisonniers. Il avait connu Yvonne enfant pour avoir travaillé dans le domaine où elle était née. Il avait surtout connu sa mère, la Polonaise, comme on l'appelait depuis qu'un Polonais l'avait prise. Lui aussi avait eu la mère d'Yvonne, comme beaucoup d'autres, au long des soirs de beuveries, dans la grange ou derrière le poulailler, à grands coups de reins. On ne demandait pas son avis à la mère d'Yvonne ; on ne s'embarrassait pas avec elle ; elle n'était pas de ces femmes-là ; la besogne du corps ne lui faisait pas peur ; on ne se souciait pas qu'elle lui fît plaisir ; elle était sans manières et elle ne coûtait rien. La Polonaise, cependant, avait vieilli ; elle n'était plus en âge, et celui qui arriva, cet été-là, à la ferme, comprit aussitôt que la relève était assurée. Yvonne était prête, à point. Il suffirait de la serrer d'un peu près, au bon moment. Il la jaugea d'un regard, en homme rompu aux femmes et aux bêtes jeunes. Il savait qu'elle n'était pas neuve. L'autre avait parlé, avant de quitter le pays. On n'avait pas aimé cela ; on ne l'avait pas approuvé, entre ouvriers des fermes, mais on s'était tu. Il ne fallait pas faire les choses avant le temps ; les filles trop jeunes, on ne les tient pas, et ça ne tient pas au corps. La petite fille, c'est du vice. Maintenant, oui, on pouvait prendre ce qui est au creux de toutes les femmes, et s'enfoncer, là, dedans, à vif, dans le chaud.

Ce fut sans paroles. Il l'attendit, un soir de juillet, un dimanche, dans la touffeur d'un orage qui ne crevait pas. Il la guetta derrière les cages à lapins où il savait qu'elle irait distribuer les épluchures de la journée. Deux portées neuves tressaillaient dans les clapiers grillagés, et, parfois, Yvonne s'attardait devant ces bêtes douces, apeurées et griffues. Il revenait du bourg ; il avait bu ; le dimanche on buvait. Il avait envie. Il voulait. Elle était devant lui, dans le soir. Elle se penchait. Elle ne l'avait pas vu. Il mit sa main sur sa bouche. Elle aurait crié. On serait peut-être venu. Elle se débattit. Il était épais, tendu, prêt. Elle ne pouvait rien, et, à chaque poussée, elle sentait s'ébranler contre elle les vieux clapiers de bois. Le dessin du grillage s'était imprimé sur son front quand, hébétée, stupide, elle se laissa glisser à terre, jambes ouvertes.

Elle ne rentra pas. Le lendemain, Germaine, qui s'étonnait de ne pas la trouver dans la cuisine, levée avec les hommes, fut saisie d'une colère brutale devant le lit étroit et vide, sous l'escalier. Celle-là aussi découchait, qui n'avait rien pour plaire… cette sournoise qui se taisait… elle était comme les autres, prête à tout pour l'homme… les femmes, dans le bourg, le lui avaient bien dit… en plein travail, en pleine saison… ça ne respectait rien, ça ne pensait à rien. Réveillé, averti, empoigné par sa sœur, Alphonse ne dit rien. Il eut peur, tout de suite. Yvonne n'était pas ce que criait Germaine, avec des mots gras, usés d'avoir été trop entendus, tandis que les autres riaient. Yvonne avait mal ; elle était blessée ; elle était cachée. Lui savait ; il la chercherait ; il la trouverait. Il sortit dans l'aube tiède. Il n'appela pas. Sa voix était tapie dans sa gorge, dans la boule dure qui roulait sous sa peau, comme autrefois dans la gorge du père, quand un malheur était arrivé. La lumière du matin fouillait tout, déjà, avide et décidée.

Yvonne lui tournait le dos quand il la trouva dans le cabanon du jardin. Elle avait dû le faire au début de la nuit. Elle était allée chercher dans la grange l'une des grosses cordes qui servaient à lier les chars de foin. La corde était épaisse sur son cou d'oiseau. Ses pieds étaient nus. Ses chaussures avaient glissé. Alphonse les prit dans ses mains. Elles étaient petites. Il aurait voulu la rechausser. Ses pieds étaient trop nus. Il ne pouvait pas la toucher. C'était trop difficile. Il referma la porte et s'assit par terre. On les chercherait. Les autres allaient venir. Germaine s'occuperait de tout.

Septembre 1997.

JEANNE

Jeanne n'a plus de visage. Jeanne est morte depuis longtemps. C'est une vieille morte. Elle a suinté dans la terre noire. Ceux qui devraient se souvenir d'elle hésitent sur la date de sa mort. Elle n'a plus d'âge. Sa vie coule aux interstices de celle des autres, nièces, neveux, petites-nièces, petits-neveux, qui devraient se souvenir et ont oublié parce que la tante Jeanne n'a pas d'importance.

Ils étaient trois, Marie, Jeanne et Joseph. Le pays d'enfance était vieux, rond, rugueux, bosselé de reliefs insensés, inlassablement sollicités cependant parce qu'il faut vivre, il faut s'agripper aux choses qui ne vous veulent pas mais finissent par céder, à force d'insistance obtuse et retorse ; cèdent enfin et s'ouvrent, s'écartent, se donnent, dans la forte odeur des saisons, des feux de feuilles, des longs soirs de juin ; les choses à pleines mains, les choses qui se mangent, les pommes de terre dans les sacs de toile dressés au coin du champ, le lait des bêtes, les œufs lisses, les noisettes, les champignons. Il faut se remplir le ventre pour fabriquer de la chair neuve et continuer à être dans les pays couturés de sentiers creux, sous le couvert des arbres drus, au plus serré des hivers, au plein soleil des étés, la nuque roussie, les aisselles chaudes, à pleins corps, à pleins bras, le travail des étés, les bêtes lourdes, les filles renversées, suantes, gorges ouvertes, dans le foin hirsute. Elles riaient, et gémissaient peut-être, les filles, quand quelque chose, toutes les premières fois, pesait en elles dans la mouillure.

Joseph ne renversa pas les filles. Il s'amusait peu. Il était maigre et sec, vif et véloce. Jeanne ne fut pas renversée ; Marie non plus. Marie n'eut pas le temps. Elle n'avait pas le corps. Elle mourut à dix-sept ans, de tuberculose. 1909-1926, deux dates et un prénom. Très tôt, elle n'avait pas su manger l'air cru. Il la blessait. Ils ne peuvent pas vivre, ceux-là, dans ces pays. Ils n'ont pas la force. Ils s'en vont. Restèrent les deux, Jeanne et Joseph. Ils apprenaient bien à l'école, l'hiver, dans les vacances du travail nourricier. Ils allaient à l'école au long des chemins, ensemble, les deux. Ils avaient le même front. Ils s'aimaient sans doute et leurs prénoms étaient doux. Peut-être parce qu'elle était fille, elle fut choisie pour étudier.

Jeanne tint dans ses mains des livres dont nul, avant elle, dans la litanie paysanne des siens, n'avait su, soupçonné, ou espéré l'existence. Quelques-uns, ou quelques-unes, sans doute, avaient, avant elle, mâchonné des lettres indécises, vaguement apprises, lentement déglutíes et oubliées, tombées dans la désuétude certaine de ce qui ne nourrit pas. Les livres n'étaient pas dans la mémoire des siens, pas du côté de son sang. Patiente et seule, elle apprit. Elle apprivoisa les contours du monde nouveau de tout son corps mince et dur de jeune fille résolue. Elle apprit avec son corps, et, la première, Jeanne détourna pour le travail des livres la ténacité longue de ceux qui, avant elle, s'étaient nourris de la terre, frottés, usés contre elle, et d'elle avaient joui. Elle employa la ténacité ancienne au travail de la grammaire et de l'arithmétique, de l'histoire et de la géographie, des pays improbables et des dates enfouies, des opérations infaillibles et des exceptions mémorables. Elle étudia avec application, sans curiosité ni passion, élans autorisés aux seuls enfants légitimes du savoir, enfants de familles. Elle étudia comme on laboure, pour manger. Elle eut son brevet, un brevet d'institutrice. Elle était la première, la première et seule.

Joseph fut paysan. Il marcha dans le chemin du sang. Le sang tôt craché aux lèvres de la sœur morte parla en lui une bonne parole de vin, de lait, de viandes, de vie. Ses parents avaient été petits tenanciers. Son père avait travaillé le bois et le cuir. Paysan et cordonnier, sédentaire l'été, voyageur l'hiver, père intermittent par nécessité, il n'avait pas été maître chez lui. Il avait trop aimé le vin qui arrondit les contours des choses, les fait dociles comme jamais le monde ne lui avait été, et encore moins sa femme. Joseph n'eut pas de ces faiblesses. Homme petit, maigre et tendu, il respecta sa mère et fut dur. Sa sœur étudiait. Il travailla, et sut s'établir fermier dans un domaine à sa mesure. Il mangeait peu, d'une bouche parcimonieuse, assis raide au haut bout de la table, et quand la lame de son couteau claquait, les hommes, ses ouvriers, se levaient. Chacun savait ce qu'il avait à faire. Chacun se devait de tenir sa place, à l'étable, à la grange, dans les prés, à la laiterie. Joseph avait l'œil vif; son maître vacher aussi.

Gris et froid, le regard de Joseph riait rarement quand sa bouche s'ouvrait sur des dents petites, irrégulières et très tôt gâtées. Sa voix nasillait. Il fut méchant, soulevé de colères brutales. Méchant et habile, efficace et retors, il savait vouloir.

Il s'enrichit. Sa maison devint un fort domaine où les déjeuners dominicaux s'enorgueillissaient parfois de la présence du curé de la paroisse ou d'un clerc de notaire. On s'attabla chez lui, où la chère était abondante et bonne, mais, s'il fut envié, on ne l'aima pas.

Il se maria. Elle le vouvoyait; il la tutoya. Il fut le maître. Elle proliféra, massive, courte et affairée, quand il resta sec, avare de paroles et de gestes, si peu donné. Ils vivaient avec les parents, comme c'était l'usage; le père derrière son établi de cordonnier qu'il ne quittait que pour le potager, devant la maison, de l'autre côté de la route; la mère souveraine et gardienne des armoires. La femme de Joseph eut pour elle l'argent des cochons qu'elle dépensait avec frénésie, aussitôt le marché conclu, en chapeaux et toilettes incongrus. Joseph méprisait ces emportements et laissait à sa mère le soin de les condamner sèchement quand la robe longtemps convoitée s'avérait navrante sur ce corps épais de paysanne harassée, deux fois mère.

Ils eurent deux fils. Ils n'en voulaient qu'un. Le second survint cependant, retour de couches que l'on négligea, laissant à la nature le soin de défaire ce qu'elle avait malencontreusement fait. La mère de Joseph, alors, s'interposa, moins par humanité que par souci d'accabler sa bru du poids trop vivant et vagissant d'une fécondité vaguement animale et assurément irraisonnée. La belle-fille se le tint pour dit et cassa le moule. Son ventre ne s'emplit plus. Elle fut battue, parfois, peut-être souvent. Si Joseph, maigre et frénétique, connut d'autres femmes, il n'en laissa pas de traces avouées.

Jeanne fut tante. Par la vertu de la semence crachée du frère, par le coup de reins du frère et son ahanement, dents serrées, Jeanne devint tante, et, à ce seul titre, s'inscrit encore en lettres ténues dans la mémoire de sa lignée oublieuse. Elle enseignait à G., la préfecture, dans l'institution privée où elle avait préparé ses brevets. Sa discipline de prédilection était l'arithmétique. Elle ne savait pourtant pas compter, aux dires de sa mère, qui s'inquiétait, et bientôt s'indigna, de la voir dépenser jusqu'au dernier, chaque mois, les sous généreusement accordés par un gouvernement peu regardant. Les sous du gouvernement fondaient aux doigts de Jeanne quand Joseph arrondissait son pécule et flattait d'une main sûre les fortes vaches rousses qu'il savait acheter au plus juste prix. Le bien de Joseph était tout de matière solide, de viande sur pied, de fromages mûris en cave sombre, de bois, d'herbe, de terre grasse. Il savait prévoir. Jeanne ne voulait pas prévoir. Ouvrant les livres, elle avait ouvert les mains. Elle avait les mains percées, et, lisse suppliciée consentante, revenait pendant les vacances retrouver, chez son frère, le regard inquisiteur de sa mère et le silence de ceux qui étaient les siens.

Elle fut complice de son père, le cordonnier; elle lui offrit du tabac en cachette et fuma avec lui, dans le plus grand secret, quelques-unes de ces cigarettes à bout doré dont elle avait appris à aimer, dans sa chambre de jeune maîtresse, la douceur un peu âcre. Les mains de Jeanne étaient longues et fines; elles avaient oublié les travaux de la terre et les servitudes domestiques, les manches de bois et les vaisselles grasses. Dûment gantée, debout devant le large évier de pierre, elle préparait avec sa mère, sa belle-sœur et Marie, la bonne, les considérables quantités de légumes qu'exigeait, trois fois par jour, l'appétit bruyant et légitime des huit ouvriers du domaine. Ils étaient les hommes et Joseph leur commandait. Le père ne comptait pas. Il mangeait aussi, assis au bas bout de la table, du côté des femmes affairées à servir. Furtif et résigné, peut-être indifférent, il ne buvait pas à table, à peine un verre de vin coupé d'eau, mais buvait seul derrière son établi, buvait moins quand Jeanne était là, et davantage en son absence. Jeanne et lui parlaient peu. Elle l'appelait papa, et c'était une douceur inouïe dans sa vieille vie froide.

Plus tard, quand Jeanne quitta G. et partit, il ne sut jamais très bien pourquoi, enseigner près de Paris, il souffrit ; sa femme, sans doute, le comprit. Elle inventa alors de couper au pied et de replanter, sans racines, dans la terre noire, les fleurs qu'il aimait à cultiver dans un coin minuscule et retiré du grand potager, de l'autre côté de la route. Parce qu'il était bon et naïf et buvait trop de vin âpre, il ne découvrit que lentement de quel fléau ordinaire étaient frappées ses fleurs navrées et déchues. Il pleura. Il aimait les fleurs. Joseph ne les voyait pas et ne pleurait pas.

Jeanne sentait le regard de sa mère glisser sur ses gants quand, debout autour de l'évier de pierre, devant la fenêtre, elles lavaient et épluchaient, elles, les quatre femmes, les légumes pour le manger des hommes. Jeanne n'avait pas peur. Elle avait de sa mère, comme Joseph, les yeux gris qui ne cillaient pas. Elle savait que sa mère n'oserait rien. Il y avait entre elles les sous du gouvernement et le prénom d'une jeune morte gravé en lettres dorées sur la pierre du cimetière. Sa mère avait eu du chagrin ; elle avait aimé Marie, sa première-née, et essuyé le sang aux commissures de ses lèvres. Jeanne avait trop de mémoire et haïssait les images de l'enfance morne. Elle n'aimait alors que Joseph, ce frère malingre et opiniâtre qui, comme elle, se taisait. Sa mère était douce pour la malade. Elle montait la garde autour d'elle. Il ne fallait pas l'approcher, pas la toucher, pas les déranger, elles, les deux, derrière le rideau rayé de rouge sombre, dans l'alcôve où elles chuchotaient. Jeanne devinait. Les hivers étaient longs, le père parti, dans la maison froide. Marie toussait. La nuit, Jeanne écoutait, les yeux ouverts dans le noir. L'enfance ne fut que d'hivers noirs.

Après le départ du père, Marie dormait dans le lit de la mère, avec elle. Elle y était morte. Dans ce lit où elle avait commencé d'être, elle avait tout craché pour finir, un matin de février. Le père était loin. Tout s'était passé sans lui. Jeanne ne savait pas s'il avait eu du chagrin. Elle ne le lui avait jamais demandé. La mère seule parlait de Marie, en avait le droit. La morte lui appartenait et elle appartenait à la morte. C'était facile. La morte diaphane, labile, rendue aux eaux profondes, ne portait pas de gants pour éplucher les légumes et ne dépensait pas tout son argent. Elle ne sentirait pas le tabac de femme. Elle ne ferait pas honte à sa mère, la morte première-née, si douce d'avoir été impuissante à vivre, si épuisée de n'avoir rien voulu. C'était facile.

Jeanne avait grandi avec la morte, et elle n'avait pas peur de sa mère. De la fenêtre de la cuisine, devant l'évier de pierre, Jeanne, sa mère, sa belle-sœur, et Marie, la bonne, avaient vue ouverte sur le cimetière, à l'entrée du bourg, de l'autre côté de la rivière. Tout était en ordre, la morte parfaite, les légumes, les choses, le manger des hommes, le vivre. Jeanne avait assez lu ; elle avait assez épié surtout, autour d'elle, les familles des autres, de ses camarades d'étude, collègues ou élèves, pour supposer la douceur d'être aimée, voulue. Et de vouloir. Et d'oser. Elle avait vu, écouté, senti, lu et supposé. Elle avait compris que ce n'était pas pour elle. Elle resterait au bord. Elle ne fléchissait pas sous le regard de sa mère. Elle pouvait vivre avec ce creux dans la poitrine.

Elle pouvait aussi être douce pour son père. Elle fut bonne pour les enfants, les deux garçons, frères très tôt ennemis, pareillement frisés, méfiants, le front haut et large, silencieux. Elle écouta les confidences mouillées et hoquetantes de sa belle-sœur. Certains dimanches matin d'été, elles eurent, dans la chambre, devant l'unique miroir de la maison, de grands rires de chapeaux neufs et de jupes trop ajustées. Elles allaient ensemble à la messe. Elles étaient nées le même jour, mais l'une s'usait plus vite que l'autre dont le corps n'avait pas servi sous l'homme. Jeanne n'éprouvait pas de véritable compassion pour sa belle-sœur. Elle savait que Joseph n'était pas de ceux qui se donnent.

Jeanne avait trente ans quand l'abbé H. vint enseigner les lettres à l'institution Sainte-Marie de G., où elle s'occupait des classes primaires. Récemment ordonné prêtre, il devait à une famille cossue et à de solides recommandations d'avoir d'emblée trouvé place à l'évêché. Il arrivait de Paris, était licencié en Sorbonne, et, à ce titre, s'imposa comme l'homme providentiel quand sœur Marie-Pierre, qui préparait les grandes filles au baccalauréat, écrasa inopinément sa deux-chevaux contre un platane de la route nationale.

Jamais Jeanne n'avait désiré un homme. Toujours, dans sa vie, les hommes avaient été du côté de la ferme. Ils étaient les hommes de son frère. Ils travaillaient, mangeaient gravement, et sentaient fort. Leurs mains étaient larges et dures. Elle était la sœur de Joseph. Elle avait étudié. La gravité d'enfance, le pensionnat et les religieuses l'avaient gardée du bal. Quelques fils des bonnes familles du bourg, qui avaient toisé la fillette pauvre, vinrent tourner autour de la jeune institutrice. Elle les découragea. À G., elle croisait des hommes dans la rue. Ils ne la voyaient pas, et elle ne les voyait pas davantage. Terne, discrètement vêtue, elle s'appliquait à ne se distinguer en rien des religieuses et vieilles filles tôt montées en graine qui l'entouraient. À l'institution Sainte-Marie, au-delà de la trentaine, le cheveu se portait plat et le teint gris. Le poil follet au menton était de rigueur et Jeanne se sentait trop illégitime pour déroger à la règle commune.

À la ferme, l'été, c'était autre chose. Elle était une autre Jeanne. Elle pouvait avoir un corps. Elle accordait à ses mains, à sa peau, des soins qui, à G., lui eussent paru déplacés. Les étés paysans avaient été pour Jeanne les seules saisons du corps. Elle avait alors senti sur elle le regard des hommes, les besogneux aux mains lourdes, quand elle crevait de toute sa chair blanche et parfumée la pénombre fraîche de la cuisine. Non qu'elle fût opulente ou offerte, mais sa carnation nacrée et cette fraîcheur de viande que, longtemps, l'été révéla en elle, suffisaient à allumer sous la peau des hommes le désir diffus de ce qu'ils ne chercheraient pas à obtenir. Rien ne se tendait pour elle au bout des ventres. On ne lui pinçait pas les fesses. On ne la frôlait pas dans les couloirs. On ne s'ingéniait pas à monter l'escalier derrière elle. On la regardait, on la volait, et tout était dit de ce qui ne serait pas. Tout était dit de ce dont ils ne rêvaient même pas, les hommes de Joseph, tout emberlificotés qu'ils fussent, à l'exception des très jeunes, de femmes courtaudes et d'enfants tôt venus. Quelque chose de la pâleur des livres, peut-être, avait coulé dans la chair de Jeanne, qui parlait d'ailleurs et d'autrement. Elle fut, aux alentours de la trentaine, et longuement, belle comme une frégate en un pays où nul n'a jamais vu la mer. Dans ces conditions, les femmes n'y trouvaient rien à redire, et Jeanne ne faisait pas parler d'elle.

L'abbé H. était royal. Mince, long, le cheveu dru et doux, vif et ardent de corps, et les mains fines. Il était royal, et Jeanne fut prise. Elle ne fut pas éblouie ; elle fut prise. Elle se souciait peu qu'il appartînt de plein droit et comme par héritage à ce monde du savoir où elle restait clandestine. Seul lui parlait ce corps d'homme enfin voulu. Elle n'éprouva aucun désarroi. Il était là ; il s'imposait, évident et provisoire, et prêtre. L'obstacle ne lui parut pas insurmontable tant elle avait connu, dans les villages, de ces couples plus ou moins moqués et discrètement scandaleux que finissait toujours par consacrer la force de l'habitude. Le sentiment du péché ne l'effleura pas. Elle n'avait pas le sens de la faute. Les discours édifiants des religieuses de G., qui l'avaient formée et chez lesquelles elle travaillait, n'avaient eu sur elle aucune prise. C'est du moins ce dont elle s'avisa quand elle se découvrit en désir d'homme. Elle était restée sauvage en même temps que vierge, insulaire et intacte. Comme Joseph, elle ne s'était pas départie du pli d'enfance. Joseph avait une femme et deux enfants. D'autres corps, sans doute, lui étaient chauds et dociles. D'autres corps le voulaient, ouverts. Jeanne le supposait. Mais il était seul, de la même solitude qu'elle. Ce qui avait été, très tôt, une question de survie, était devenu une façon de vivre. Vivants, donc, et tenaces, en proie au monde et traversés par lui, Jeanne et Joseph n'en étaient pas moins morts aux autres que la sœur morte et rendue à la terre noire du cimetière, de l'autre côté de la rivière, sous la pierre gravée de lettres dorées. Personne ne pouvait rien pour eux. D'ailleurs ils n'attendaient rien de ce qui, parfois, se donne, et ne concevaient pas que l'on attendît d'eux autre chose que ce qui se vend et s'achète, le savoir acquis, ou les nourritures de la terre et des bêtes.

Jeanne voulut l'abbé H. Elle le voulut d'abord et immédiatement, de toute l'ardeur de son ventre jamais fouillé. Il lui fut présenté, en même temps qu'à l'ensemble du personnel, le matin du lundi de janvier où il entra en fonctions. Tout l'établissement bruissait alors des rumeurs afférentes à cette considérable révolution : un homme dans l'institution ! Un homme, certes, mais un prêtre... Il enseignerait aux grandes filles... mais la mort de sœur Marie-Pierre et les pressions constantes exercées, depuis plus d'un mois, par les parents de ces demoiselles, plaçaient la direction éplorée devant une alternative affreuse : perdre des élèves issues des meilleures familles et depuis toujours formées dans le giron de l'institution, ou introduire dans la maison cet abbé jeune, et de surcroît, bel homme.

Il était expert aux jeux des femmes. Il sut très vite ce que Jeanne attendait. L'hiver était une saison difficile à G. Janvier ne finissait pas. Les manteaux pesaient. Les corps s'en trouvaient épaissis et comme mêlés les uns aux autres sur fond de neige sale. La peau des bras, des jambes, parfois entr'aperçue, jadis, aux lisières des robes légères, ne parlait plus son langage de douceur. Les mains mêmes, sèches et gantées de laine épaisse, n'invitaient à rien. Mais, à la seule vue de Jeanne ôtant son manteau dans la salle des professeurs et déroulant son écharpe, l'abbé H. comprit que celle-là, bouclée, frisée, visage clos, corps neuf, l'attendait, lui.

C'était un homme jeune et dur. Il avait des besoins de ventre et entendait les satisfaire. Il n'avait jamais touché aux garçons. Les jeunes filles, ses élèves, lui parurent insignifiantes et, pour la plupart, corsetées de préjugés ou d'illusions qui eussent compliqué l'affaire. Elles le dégoûtaient d'ailleurs un peu. Il tenait par-dessus tout à la discrétion. Le secret était sa passion. Il l'aimait d'abord pour lui-même, pour la densité qu'il met au cœur des choses. Il le cultivait aussi par nécessité. Il avait vingt-trois ans et voulait aller loin. Il pensa que Jeanne saurait se taire, et qu'elle ne le supplierait pas au moment d'être quittée. Elle ne dirait rien. Elle supporterait.

Pendant quelques jours, ils se saluèrent dans la salle des professeurs. Il appuya quelques regards, patients et longs. Elle était prête. Au bout de deux semaines, il inventa un ami qui, s'étant vu confier une classe primaire dans un gros bourg de campagne, peinait à se procurer les manuels indispensables. Sous prétexte d'emprunts, il proposa de monter chez elle un soir, après la classe. Il passerait et choisirait ce qui pourrait être utile à son ami. Elle suggéra de le retrouver à la bibliothèque pour le guider dans le dédale incommode des vieux bâtiments de l'internat où elle avait sa chambre.

L'abbé H. n'était pas une brute. Il voulait les femmes en leurs chambres, en leurs lits. Il aimait les chambres des femmes, leur confinement douillet ou leur nudité fruste, ce qu'elles disaient, mieux que des mots, de la femme qu'il allait connaître. Il fut exact au rendez-vous de la bibliothèque et suivit Jeanne. Elle ne parlait pas. Il la devinait vierge et cependant avertie. Le sillage de Jeanne n'était pas parfumé ; tiède, léger, il sinuait entre les vieux murs badigeonnés de brun jusqu'à mi-hauteur. L'abbé H. humait ce brouillard de femme nouvelle. Jeanne allait d'un pas sûr et silencieux. Elle sentait derrière elle le corps de l'homme voulu. Elle savait que quelque chose allait advenir qui ne romprait pas sa solitude, mais qui l'effleurerait et serait bon à vivre parce que l'abbé H. était beau, parce qu'il ne ressemblait à aucun de ces hommes aux ongles douteux, aux mains épaisses, connus depuis l'enfance. Elle avait imaginé, parfois, les mains de son frère. Comment caresser avec ces mains-là ? Pétrir, peut-être. Encore eût-il fallu savoir autre chose que la poussée profonde des reins. Jeanne avait lu quelques romans de gare. Elle avait surtout écouté les femmes pendant les grandes lessives. Les draps parlaient, où ce que l'on ne disait pas des corps se dessinait en traces certaines. Désirantes et insatisfaites, les autres femmes lui étaient apparues mal dotées d'hommes gourds et insuffisants. Elle les avait un peu méprisées et s'était tue quand on s'était étonné, plus ou moins ouvertement, de la voir rester fille. L'abbé H. serait une revanche, d'autant plus ardente que secrète et vouée à le rester. Elle n'en demandait pas davantage.

La chambre était blanche, austère et rangée avec soin. Un paravent de bois clair, tendu de bleu, dissimulait le lavabo. Le lit était étroit et la table de travail vide. La chambre de Jeanne ne disait rien d'autre que son dénuement. Elle plut à l'abbé H. Il posa les mains sur les épaules de Jeanne. Le cardigan de laine fine glissa au sol. L'abbé H. n'embrassa pas le visage de Jeanne. Elle le regardait, bouche close, et il fermait les yeux tandis que ses mains, longues et fines, devinaient au travers du corsage le grain d'une peau neuve.

Ce fut une histoire de peau. Ils se taisaient. Il n'y avait rien à dire, rien à rêver, seulement à se tendre, à se darder l'un dans l'autre, en houle ronde. Ils se retrouvaient après la classe, dans la chambre de Jeanne, quand les internes étaient à l'étude et les religieuses à la chapelle pour l'office du soir. Ils se saluaient en salle des professeurs ou se croisaient dans la cour de récréation et rien, dans leurs gestes ou dans leurs regards, ne témoignait de la moindre intimité. D'ailleurs, ils n'étaient pas intimes et ne le deviendraient pas. L'abbé

H. était de passage, et plein de lui-même. Jeanne ne s'abandonnerait pas. Elle ne se souvenait pas d'avoir été naïve. Elle se découvrait seulement, et frôlait au corps de l'autre, des douceurs insoupçonnées, certain creux du bras blanc, le fil lisse d'une hanche, ou la ligne déliée des épaules. Elle en savait désormais l'éclair fugitif dans la lumière bleue des crépuscules d'hiver et, parfois, frémissait, les yeux clos, quand, en elle, soudain, des images se creusaient à contre-monde.

Elle ne se confia pas. Elle n'avait pas d'amie, et sa belle-sœur se fût indignée de cette liaison avec un prêtre. Les vacances de Pâques la ramenèrent à la ferme, selon un rituel auquel l'existence de l'abbé H. ne changeait rien. Pendant deux semaines, Jeanne ne fit pas l'amour, se souvint, et abrita derrière son impassibilité usuelle un sourire du dedans que sa mère, surtout, eut le pouvoir de susciter. Pour la première fois, Jeanne vit en elle une vieille femme fatiguée. Elle pensa aux longs hivers sans homme et aux dix-sept ans de la jeune morte. Pour la première fois elle eut pitié de sa mère, mais n'en laissa rien paraître. Il n'était plus temps. Elle pouvait cependant pardonner. Quelque chose en elle s'allégea d'un poids ancien et elle s'en sut gré. Son père la devina-t-il qui, un soir d'avril tiède, dans l'odeur de terre crue du jardin retourné, lui dit son inquiétude de la savoir sans mari et sans enfants ? Il faudrait faire maison. C'étaient là ses mots d'homme rompu qui n'avait d'autre maison que celle de son fils, où il se savait toléré. Jeanne ne répondit pas. Quelqu'un avait peur pour elle. C'était déjà beaucoup. Il ne fallait pas s'émouvoir. Elle ne ferait pas maison. Son frère avait jeté semence et porté fruit. Elle n'avait rien à transmettre. Elle se contentait d'être.

Elle rentra à G. Le printemps fut faste. Les transparences des soirs de mai les trouvèrent étendus l'un près de l'autre, fervents et légers. L'abbé H. se surprit à jalouser l'autarcie de cette femme qui ne quémandait pas, n'attendait rien et prenait son plaisir à bouche fermée. Il voulut savoir d'où elle venait et pourquoi elle vivait là cette existence semi-cloîtrée de nonne laïque. Elle resta évasive et il comprit qu'il ne saurait rien. Aux premiers jours de juin, il se sentit humilié de penser à elle. À elle, Jeanne, à son silence, à la soie de ses jambes ouvertes, à la ferme dont elle ne parlerait pas, à ce frère dont le seul prénom était dans sa bouche une caresse furtive. L'abbé H. eut peur. Il se sentit en danger et se réjouit de se savoir appelé à remplir, l'année suivante, d'autres fonctions, dans sa ville natale, à plus de cent kilomètres de G.

Il le dit à Jeanne. Elle ne frémit pas. Elle savait tout d'avance. Les vacances d'été lui étaient toujours apparues comme un terme ultime, au-delà duquel l'abbé H. n'aurait plus place dans sa vie. Il deviendrait un prénom, qu'elle connaissait, mais dont elle usait peu. Ils ne se nommaient pas. Il deviendrait un prénom très doux qu'elle tairait parfois dans le noir. Sa chambre serait pareillement blanche et les jours de G. pareillement assoupis. Rien n'aurait changé. Elle aurait connu la peau jeune, les souffles mêlés, les mains dans les cheveux à fortes poignées. Elle aurait connu. Elle saurait faire bon usage du souvenir. L'abbé H. n'y perdrait rien. Il n'aurait plus rien à donner. Il avait fait son travail d'homme. Il pouvait partir.

Elle le regardait, elle apprenait le grain de sa peau. Il vieillirait. Elle voulait se souvenir longtemps. Jamais il ne s'impatientait d'être ainsi bu. Dans le regard de cette femme se jouait un mystère très ancien dont il se savait l'instrument lisse et ardent. Il se sentit lâche. Tout changer, inventer autre chose, avec elle, ailleurs, une autre vie. Ces fulgurances le traversèrent dont il se garda parce que Jeanne n'avait pas besoin de lui. L'abbé H. quitta G. dans les premières touffeurs de l'été paysan qui enserrait la petite ville. Il avait peut-être aimé.

Jeanne pensa qu'elle ne ferait plus jamais l'amour, et, pour la première fois, elle eut un sentiment d'injustice. Injustice d'être née Jeanne, sœur d'une sœur qui avait déserté, fille d'une mère aux yeux durs, fille d'un père aux yeux trop mouillés ; Jeanne, elle, Jeanne de la terre, dont elle n'était plus, Jeanne seule, Jeanne pour mourir ; injustice d'être de ceux qui n'ont droit à rien. Elle n'avait pas la gorge serrée ; elle ne pleurait pas. Elle accompagnait son père au jardin. Elle préparait les légumes avec les femmes. Elle portait toilette chaque dimanche pour aller à la messe avec sa belle-sœur. Les choses continuaient. Mais elle était en colère, d'une terrible colère vide, sourde, sans objet et sans but.

Ses neveux grandissaient, se détestaient furieusement et commençaient à mépriser leur mère. Le second abritait sous un front bombé et têtu des yeux dorés dont chacun s'entendait à dire qu'ils étaient jaunes. Le regard de ces yeux-là n'était pas d'enfance. Jeanne s'en aperçut et ne songea pas à s'en émouvoir. On ne pouvait rien les uns pour les autres dans la lignée, seulement le gîte et le couvert, et c'était déjà beaucoup. Y avait-il autre chose, au-delà, ailleurs ? Autre chose à désirer, une douceur qui ne fût pas faiblesse, une force qui ne fût pas violence ? Oui. Oui, mais, toujours, d'abord, il fallait prendre, prendre d'assaut, mordre, vouloir longuement. À certains rien n'était donné. Là était l'injustice que Jeanne savait, que son neveu devinait. Elle ne l'en défendrait pas. Personne ne l'avait défendue, elle, et elle était vivante, debout, de toute sa peau, os, chair, bras, jambes, dents, cheveux, lèvres, toute la viande et le désir dedans, planté. Elle était là. Il n'y avait rien d'autre.

L'été coula, chargé d'odeurs fortes. Joseph entra lui aussi, à sa façon, en des chemins définitifs. Il acheta une maison. Pas une maison de paysan. Une maison blanche, à trois corps, que les gens du bourg appelaient le château. Il l'acheta en viager. La propriétaire était vieille, de santé précaire. Joseph guignait depuis longtemps la maison. Il la voulait, celle-là, pour l'avoir, depuis l'enfance, vue, mangée de fenêtres, cernée de buis et de petits massifs mignards confiés à un jardinier, enclose et refusée derrière des grilles qui montraient tout sans rien donner. Joseph ne tendait pas la main. Il attendait, et, une fois prêt, savait prendre. La vieille mourrait tôt ou tard. Ça n'avait pas d'importance. L'argent, pour la première fois, ne comptait plus, ou comptait autrement. Il fallait que la maison appartînt à Joseph qui l'habiterait mal et la posséderait cependant. Il en savait la blondeur des parquets, autrefois cirés par sa mère à deux genoux, et le grain patiné des boiseries, et le marbre lisse des cheminées ponctuellement surmontées de miroirs rutilants, où s'était durci son regard d'enfant silencieux. Il voulait avoir et que l'on sût qu'il avait. Il voulait très exactement, un jour, ne pas être à sa place.

Il vieillirait dans la maison blanche. Cette certitude dont il n'était redevable qu'à lui-même lui fut douce, même si, longtemps encore, il continuerait à habiter la ferme. Les terres étaient là, et les bêtes aussi, tout ce dont il faisait de l'argent. Les paysans vivent dans les cuisines. Celle de la ferme d'abord, de la maison blanche ensuite lui seraient suffisantes. Dans les cuisines sa femme le servirait debout, et il chaufferait dans le four de la cuisinière à bois ses pieds toujours froids.

Jeanne et lui avaient fait le même travail ; ils avaient donné corps à leurs rêves. Elle approuva le choix de la maison, et cet assentiment sobre, presque muet, importa davantage à Joseph que les gloussements éperdus de sa femme, éblouie et affolée d'être ainsi promue châtelaine par la grâce violente de cet époux imprévisible. Le père et la mère ne parlaient pas de la maison, l'un parce qu'il n'avait plus de parole, l'autre parce qu'il lui fallait ruminer à satiété cette munificence avant de l'apprivoiser, si elle y parvenait jamais. Ils étaient vieux et lents, pesants de longue fatigue. Ils ne voulaient plus rien.

À l'automne Jeanne rentra à G. Sa chambre lui parut trop blanche. Elle fit confectionner des rideaux de velours bleu doublés de jaune vif. Le tapissier s'en offusqua, protesta vigoureusement, au nom du bon goût et de ses certitudes d'artisan cossu, reconnu par les meilleures familles de G. Il dut néanmoins s'incliner et exécuter la commande singulière de cette cliente dont il avait peine à croire qu'elle fût réellement maîtresse d'école chez les religieuses. Somptueux et acidulés, les rideaux appelèrent dans la chambre blanche un miroir doré et un jeté de lit satiné. Jeanne savait que les choses ne comblent pas. Un homme ne l'eût pas davantage satisfaite. Le temps passait. Il fallait inventer d'autres désirs.

Jeanne se mit à voler, aux Galeries Nouvelles, au rayon parfumerie et maquillage. La première fois elle paya un tube de rouge à lèvres et en glissa un autre dans son sac, d'un geste précis et sûr, savant et spasmodique. Elle n'avait rien prémédité et son plaisir fut immense. Elle sortit du magasin, d'un pas inchangé ; quelque chose en elle palpitait, au plus profond, qui l'enchanta. Dans sa chambre, elle vida sur son lit tout le contenu de son sac, exhuma le tube, et, après avoir ôté l'étiquette du prix, le considéra longuement. Elle ne l'utiliserait pas. C'est à peine si elle en dévissa le capuchon pour faire glisser, apparaître et disparaître le bâtonnet lisse et intact. Elle enferma l'objet dans le creux de sa main droite qu'elle serra très fort. Elle avait chaud dans tout le corps. Elle ferma les yeux et sa main gauche crissa sur le dessus-de-lit satiné. Plus tard elle eut peur et songea à se débarrasser du tube, ce qu'elle fit le lendemain soir. Elle le jeta dans les poubelles du pensionnat. Un nouveau spasme, qu'elle n'attendait pas, accompagna ce geste qui lui apparut dès lors comme l'acte ultime d'une obscure célébration. Bouleversée, défaite et conquise, elle sut qu'elle avait trouvé un chemin vers la douceur, et elle eut envie de pleurer, adossée au mur des cuisines, dans la nuit hâtive d'octobre finissant.

Elle ne fut plus la même Jeanne. Personne ne l'aimait assez pour s'en apercevoir. Elle faisait son travail, irréprochable et discrète, mais, toujours, elle y pensait. Elle savait qu'elle recommencerait. Elle reculait le moment, moins par peur d'être surprise que par volonté d'accentuer le plaisir en le différant. Sa vie avait changé. Elle était habitée. Elle qui ne se souvenait jamais de ses rêves se réveilla un matin avec la conviction totale d'avoir vu son frère s'introduire pendant la nuit dans la baraque de chantier des cantonniers de la commune, voisine de la ferme, pour y voler deux pelles, deux pelles neuves au tranchant lisse et luisant. Joseph les avait déposées dans le cabanon de jardin du père. Cette image des deux pelles neuves adossées au fouillis familier du cabanon de son père accompagna Jeanne pendant plusieurs jours et plusieurs nuits.

En décembre, elle recommença. C'était un tube de fond de teint. Dans l'escalier de l'internat, elle crut défaillir et appuya un instant son front contre le mur froid. À ce moment-là, elle comprit que l'abbé H. n'avait rien su de son plaisir, ou si peu. Pendant plusieurs mois elle vécut ainsi, de spasme en spasme, élargissant son champ d'action du rayon des Galeries Nouvelles à celui du magasin Prisunic qui lui faisait face, de part et d'autre de la Grand-Rue. Elle évitait les boutiques de parfumerie dont le confinement ne lui facilitait pas la tâche et nuisait à son plaisir. L'accomplissement du rituel, minutieusement préparé, la faisait invulnérable et comme transparente. Rien ne pouvait lui arriver puisqu'elle n'était pas là où elle semblait être, respirer, marcher, parler. C'était une question de corps, son corps, le sien, détaché, ébloui, violemment traversé. Il ne lui était rendu que bien plus tard, plusieurs heures après qu'elle avait jeté le tube dans une poubelle elle aussi choisie par avance.

Jeanne rêvait beaucoup, de la ferme, de son frère, du cabanon de jardin où luisait le tranchant des deux pelles toujours neuves. Elle n'avait pas peur. Les précautions qui entouraient chaque célébration appartenaient au rituel. Il ne semblait pas à Jeanne qu'elles lui eussent été dictées par le regard d'autrui. Elles étaient son œuvre, son chef-d'œuvre, au même titre que toute la cérémonie. Les autres n'avaient rien à voir là-dedans, rien à voir dans sa vie. Elle n'avait besoin de personne.

Une courte visite de l'abbé H., de passage à G., un soir de mars, la laissa indifférente. Il avait une heure devant lui. Il entra. Elle le regardait en souriant de la bouche. Il était ému et se tendait déjà, appuyé contre la porte. Souvent, ils l'avaient fait ainsi, une première fois, à peine entrés dans la chambre, debout, très vite, goulûment. Elle vint contre lui parce qu'il le voulait. La pétrissant, fourrageant, il sentit qu'elle ne s'ouvrait pas et en fut dégrisé. Il partit, convaincu de la nécessité d'oublier cette femme singulière et blessé de savoir qu'il ne le pourrait pas tout à fait.

Jeanne redoutait les vacances. Il faudrait attendre, différer, et ce qui n'avait jusqu'alors relevé que du seul et lent mûrissement de son désir deviendrait un effet inéluctable de l'éloignement. Les rouages de sa machine à vivre se trouvaient grippés parce que G. était trop loin de la ferme pour que l'on conçût de s'y rendre sous un prétexte futile. Sous le regard de Joseph, tout ce qui pouvait attirer les femmes en ville, à G., était futile. Les marchés des gros bourgs des environs devaient suffire à combler leur appétit de dépense. On n'allait pas à G. pendant les vacances. On allait chercher Jeanne quelques jours après la sortie des classes. On la reconduisait quelques jours avant la rentrée. Ça n'était pas une sortie familiale ; ça n'était pas une fête. Il n'y avait ni fête ni sortie familiale. On ne se réjouissait pas ensemble. On ne savait pas le faire. Joseph avait une voiture. Elle lui donnait un plaisir qu'il n'entendait pas partager. S'il répugnait fort à transporter sa femme et tolérait à peine la présence éblouie de ses fils, il s'accommodait au contraire volontiers d'une Jeanne sobrement élégante assise à son côté, silencieuse, et dont les bagages toujours abondants occupaient l'arrière de la voiture. Jeanne ne lui demanderait pas de la conduire à G. C'était inutile et inconcevable. Quelque chose était dérangé et elle en souffrait.

Le premier jeudi de juin elle fut arrêtée à la sortie des Galeries Nouvelles par un homme très grand, vêtu de gris, qui posa la main sur son épaule et lui demanda d'ouvrir son sac. Elle lui tendit le tube de rouge à lèvres. Il la pria de le suivre tandis que deux ou trois femmes, déjà, ralentissaient le pas et observaient la scène d'un regard appuyé.

Jeanne devenait une voleuse. Elle ne jouirait plus. Dans un petit bureau très encombré, à l'étage, l'homme en gris et le directeur du magasin lui expliquèrent qu'ils l'avaient repérée depuis plusieurs semaines. Elle se sentit dépossédée. Ses larcins répétés, si minimes fussent-ils, ne pouvaient être tolérés. Ils s'étaient renseignés : les fonctions occupées par Jeanne dans la meilleure institution de G. conféraient à son attitude un caractère doublement condamnable. La direction de l'école serait avisée dans les plus brefs délais. Il fallait sévir tout en évitant le scandale. Jeanne ne disait rien, ne protestait pas. Elle déclina ses nom, prénom et date de naissance et laissa l'homme en gris composer devant elle le numéro du pensionnat. La lumière verte de juin dansait dans les feuillages neufs qui emplissaient la fenêtre.

Sœur Louise-Marie, la directrice du pensionnat, fut bientôt là. C'était une femme austère. Elle connaissait Jeanne depuis longtemps et l'estimait. Elle obtint que l'on ne portât pas plainte et régla le montant du préjudice subi que l'on estima approximativement d'après les précisions données par Jeanne, de sa voix habituelle, sourde et lente : elle avait volé six fois, d'octobre à mai, quatre bâtonnets de rouge à lèvres et deux tubes de fond de teint. Sœur Louise-Marie signifia au directeur du magasin que Jeanne serait congédiée et quitterait la ville. Elle parlait les yeux baissés. L'homme se déclara satisfait. Jeanne ne pensait à rien et laissait les autres disposer d'elle.

Elle suivit sœur Louise-Marie dans son bureau. Elle partirait à la fin de la semaine, sous le prétexte de graves ennuis familiaux. Elle n'emporterait pas ses affaires, un tel déménagement ne pouvant que susciter la curiosité de ses collègues. La question se réglerait après la sortie des classes. Sœur

Louise-Marie savait Jeanne sans amie et ne craignait aucune confidence déplacée de sa part. Elle prierait pour elle et ne l'oublierait pas. Le soir était doux quand Jeanne traversa la cour. Des fenêtres du réfectoire montait le brouhaha familier des pensionnaires attablées. Elle s'en allait. Rien ne serait plus jamais pareil, ailleurs, dans une autre ville.

Joseph vint la chercher le samedi soir, tard. Au téléphone il ne lui avait posé aucune question. Elle l'attendait, comme d'habitude, devant le portail de service du pensionnat. Elle dit qu'elle avait pris des choses aux Galeries Nouvelles, qu'elle n'avait pas pu s'en empêcher ; aucune plainte n'avait été déposée, mais elle devait quitter G. ; et elle n'avait plus de travail. Joseph conduisait lentement. Il portait depuis peu une moustache qu'elle remarqua pour la première fois. Elle attendit. Il parla sans la regarder. Elle ne pouvait pas rester à la ferme plus d'une ou deux semaines. Les hommes la verraient. Les gens inventeraient ce qu'ils ne savaient pas. Il fallait trouver autre chose, ou, du moins, partir. Il l'aiderait. On ne dirait rien aux parents. Rien non plus à sa femme qui ne saurait pas garder le secret. On inventerait une histoire. Il fallait se taire et tenir.

La nuit était très noire, comme onctueuse. Les phares jaunes la trouaient. Joseph ne demanda pas à Jeanne pourquoi elle avait volé. Il savait que ça n'était pas par besoin. Il se borna à la gratifier de deux ou trois coups d'œil dont elle sentit la griffure sur son profil fermé. Elle lui sut gré de ne pas lui faire la leçon. Joseph ne voulait pas de scandale. Il ne voulait pas que sa mère eût honte. Il saurait tout empêcher ; sa sœur était sa sœur. Il la respectait. Elle était le seul être qui pût avoir besoin de lui sans qu'il en conçût du mépris, et il s'en trouvait grandi à ses propres yeux.

Le lendemain matin Jeanne descendit après le départ des femmes pour la messe. Joseph avait parlé à la mère. Elle alla trouver son père dans l'atelier. Il ne l'attendait pas et il pleura. Elle en fut assez touchée pour mesurer à l'aune de cette émotion parasitaire son degré de vulnérabilité. Il ne fallait pas être fragile. Ils fumèrent ensemble une cigarette blonde et cette heure de juin eut soudain un goût de plein été.

Rentrée de la messe, sa belle-sœur, sous le regard froid de Joseph, embrassa Jeanne bruyamment et vociféra contre les religieuses qui prêchaient la charité chrétienne et disposaient ainsi des gens à leur gré. Les garçons, circonspects, observaient les uns et les autres. Ils savaient leur tante bien en cour auprès du père et, à ce titre, la respectaient. Elle n'était pas comme les autres femmes ; pas comme leur mère en tout cas. Le père n'était pas tout à fait le même en sa présence. Jamais il ne frappait devant elle ; quand elle était là, parfois, l'été ; deux mois, c'est long ; mais jamais devant elle. Pragmatiques, ils se réjouissaient en secret. Le repas fut presque gai.

La mère seule eut des soupçons. Elle en voulut à sa fille de sentir que Joseph lui résistait, à elle, la mère. Elle n'avait pas peur de Joseph. Elle aimait sa violence. Elle savait la susciter et la diriger. Plusieurs semaines après le départ de Jeanne pour Paris, elle comprit enfin ce que l'attitude de Joseph avait de rassurant. Jeanne échappait à tous et se mettait en danger d'être un jour dans le besoin. C'était là sa faute. Mais Joseph saurait veiller. Sa sœur pouvait compter sur lui. C'était un privilège dont la mère était jalouse et qu'elle devait partager, mais il valait mieux qu'il en fût ainsi. C'était peut-être ça la famille.

Jeanne voulait partir, vite et loin. Il le fallait. Pendant les quelques jours qu'elle passa à la ferme, elle se montra peu. Elle ne parut pas à l'heure des repas. De sa chambre, elle entendait les voix des hommes. Les femmes ne parlaient que très rarement à table, même la mère, et les garçons encore moins. Jeanne écoutait. Elle savait la place de tous, leurs gestes, leurs façons de mastiquer et de déglutir, et les marques plus ou moins visibles que chacun donnait à autrui de sa satisfaction à se refaire ainsi le corps, à fabriquer de la chair. Jeanne était sortie de ce cycle. Elle n'était plus de ceux qui gagnent leur vie avec les bêtes, leur viande, leur lait, avec la terre ouverte, charruée, ensemencée, avec ce que la terre donne et ce qu'elle refuse, avec les saisons, leurs attentes longues, leurs coups de colère et leurs soudaines embellies. Elle ne produisait plus sa nourriture, et celle des autres, avec ses mains, sa sueur, avec le balancement perpétuel de son pas au long des mêmes sentiers de la vieille terre. Elle ne savait plus ce langage et ses mains étaient vides, posées sur la table. Un vertige l'effleura qu'elle n'avait jusqu'alors pas connu. Il fallait partir.

Elle reçut une lettre de G. Sœur Louise-Marie lui écrivait qu'une place de préceptrice était disponible dans une excellente famille de Saint-Germain-en-Laye. Elle voudrait bien parler en sa faveur et taire la véritable raison de sa mise à pied. Jeanne devrait accepter de partager la vie de cette famille qui exigerait sa présence auprès des deux enfants, un garçon et une fille, pendant la plus grande partie des vacances scolaires. Elle serait amenée à voyager avec eux en Italie et au Portugal où ils possédaient des propriétés. La lettre de sœur Louise-Marie n'en disait pas davantage sur les conditions de ce que Jeanne considéra immédiatement comme sa nouvelle vie.

L'affaire fut très vite réglée. Joseph sourit sous sa moustache fine. Sa femme envia Jeanne de connaître enfin Paris et de voyager. Quoique cette vie nouvelle dût la priver de la présence de sa belle-sœur, elle lui fut d'emblée un cadre idéal pour les romans dont elle habillait son existence brutale. Elle abreuva Jeanne de conseils sur la conduite à tenir dans les situations inédites qui n'allaient pas manquer de se présenter à elle. Elle comptait sur de longues lettres et s'en nourrissait déjà. Moins naïfs, les garçons ne pensèrent à peu près rien. Ils ne rêvaient pas. La mère voulut bien feindre de considérer comme une promotion ce départ pour des lieux qu'elle n'imaginait même pas. Elle avait toujours senti que Jeanne était d'ailleurs, d'une autre pâte, et promise à une histoire qui, pourvu qu'elle ne fût pas scandaleuse, ne l'intéressait pas. Sa fille première et son fils lui restaient. Le père eut du chagrin. Jeanne lui expliqua qu'elle reviendrait beaucoup moins souvent et pour moins longtemps. Elle écrirait. Lui se moquait des lettres. Elle écrirait aux autres, pas à lui. On ne lui écrivait pas, à lui. Il ne dit rien. Il irait seul au jardin. Ses mains tremblaient. Que pouvait-il ? Il n'avait jamais rien pu. Il cacha dans une vieille sacoche de cuir le paquet de cigarettes blondes que Jeanne avait laissé sur son établi.

Joseph la conduisit à la gare de G. où elle avait retenu une couchette dans le train de nuit pour Paris. Il était confiant. Elle saurait vivre autrement. Il ne l'enviait pas. Ils parlèrent peu dans la voiture. Il l'aida à s'installer dans son compartiment et redescendit aussitôt sur le quai où il se sentit gêné. Il n'avait pas l'habitude des gares. Il n'avait jamais pris le train.

Mai 1997.

ROLAND

Hier Roland s'est suicidé. Il s'est pendu. Dans l'atelier. Avec ses bottes. Le maire m'a appelé. Il faisait nuit. J'y suis allé. Il était chaud sous les aisselles. Il avait piqué sa chienne d'abord. La maison était en ordre. J'ai senti tout son poids contre moi. Je n'étais jamais entré dans sa chambre. Ses parents avaient longtemps été abonnés à *Paris-Match*. Il avait conservé l'abonnement pendant quelques années après la mort de sa mère. Deux numéros anciens étaient posés sur sa table de nuit. Il n'y avait rien d'autre. Son lit était étroit, presque un lit de jeune garçon, tendu de blanc. Les murs étaient lambrissés, vides, à l'exception, juste au-dessus de la table de nuit, comme à portée de la main, d'un petit cadre où se détachait, sur un fond de velours bordeaux, une image en bronze de la Vierge Marie, presque de profil, très jeune, sans l'enfant.

Je porterai le cercueil à l'enterrement. Nous avons déjà porté souvent, ensemble, les cercueils des autres morts. Nous l'avions fait pour mon père, Richard, Roland et moi. Ce n'est pas l'usage que ceux de la famille soient porteurs, mais mon père nous l'avait demandé. Roland n'a pas laissé de lettre.

Il n'écrivait jamais, sauf ses factures, d'une grosse écriture maladroite, comme difficilement arrachée à l'enfance, aux débuts. J'ai cherché dans ses papiers pour trouver l'adresse de son frère. Je lui ai téléphoné ; il est beaucoup plus jeune que Roland ; il ne m'a pas tutoyé. J'entendais la télévision derrière lui. Il a crié à quelqu'un : « Mon frère a fait une connerie. » Une voix de femme a demandé : « Quoi encore ? »

Il a dit : « Mon frère, il a fait comme mon père. » Il m'a demandé : « Dans l'atelier ? » Je ne savais pas que le père de Roland était mort comme ça. Personne n'en parlait jamais, et lui non plus. Il travaillait avec les outils de son père, vivait dans ses vêtements, mais il n'en parlait pas. Parfois il racontait des anecdotes sur sa mère. Il en riait à sa manière, presque gravement. C'était comme un culte qu'il aurait célébré. De son frère, il ne disait presque rien sauf de menues histoires de rivalités d'enfance où le frère l'emportait toujours. Il avait été le préféré de la mère ; elle avait mal supporté son départ et l'éloignement dans lequel il s'était tenu.

J'avais de cette femme un souvenir très précis qui, pendant des années, m'avait empli de confusion. Un soir, l'été de mes seize ans ; je m'en souviens parce que je venais d'avoir ma première mobylette ; mon père m'avait envoyé chercher une perceuse chez le père de Roland. J'étais entré dans l'atelier ; il n'y avait personne ; j'avais appelé ; on ne répondait pas. J'avais poussé la porte du fond qui était ouverte et donnait sur le jardin. Sa mère était là. Elle me tournait le dos ; elle était colossale ; ses jupes étaient remontées sur ses jambes écartées, légèrement fléchies et très blanches ; elle pissait debout, d'un jet dru, qui soulevait du sol, entre ses chevilles, une poussière dorée par la lumière du soir. Ça sentait le chaud. Je m'étais enfui. J'avais pensé : « Elle pisse comme une vache. » Longtemps cette phrase m'avait poursuivi. Je n'avais jamais raconté ça à personne.

Je n'ai rien pu pour Roland. Il n'a pas émis de signes; il n'a rien laissé passer; ou je n'ai pas su voir. Je suis certain de ne l'avoir jamais regardé comme il le faisait, lui, l'année du départ de M., les soirs où j'allais chez lui parce que je n'en pouvais plus d'être dans la maison. C'était un regard qui disait de tenir, de garder le souffle, au ras de la vie. Il n'y avait pas de mot, seulement le regard, et des gestes, ce que l'on appelle des attentions. Attention; danger de se perdre dans le rien, de sortir du champ de la conscience. Roland et ma mère m'ont porté à bout de regard, d'un jour l'autre, pendant que le temps roulait, lentement, faisait sa pelote de semaines, de mois, de saisons.

Personne n'a porté Roland; personne ne l'a regardé pendant toutes les années de sa vie d'homme, sauf son chien. Personne ne l'a reconnu. C'est de cela qu'il est mort, sans bruit. Je crois qu'aucune femme ne l'a choisi. Il eût peut-être aimé les hommes, il ne l'a pas su. Peu importe qu'il ait ou non connu l'ardeur des corps, à la sortie d'un bal, sur un chantier, dans une ferme isolée, ou dans son atelier; peu importe puisqu'il ne reste de lui qu'une trace de solitude, lisse et infime, à la surface de nos mémoires.

Son atelier me plaisait; méticuleusement ordonné, vertigineusement propre, il ouvrait sur la vallée par de larges verrières. La lumière y était blonde et odorante. Le bois crissait; il coulait entre les mains de Roland, répandu en copeaux souples comme des cheveux de femme. Le royaume était clos, hors du monde. Il n'y avait pas de radio. On n'imaginait pas, dans cette paix, de client vociférant ou de machine vorace. L'atelier était un cloître vide.

Sur le mur, en face de son établi, il avait fixé des images de calendrier. Avec des punaises à tête dorée, huit par image. Elles luisaient dans la lumière. C'étaient des photos de montagne. Onze, dans l'ordre des mois. Très blanches, très bleues, en couleurs hautes. Tout criait, le ciel, les fleurs de l'été en très gros plan sur l'herbe crue. Septembre, octobre brûlaient, en roux, en fauve, en feu sur fond dur de bleu fou. C'étaient les Alpes. Il n'y était jamais allé. Il n'irait pas. Il n'en avait pas envie. Ailleurs, de toute façon, il aurait porté son propre poids. Les montagnes, d'autres montagnes que les nôtres, plus acérées, plus aiguisées, découpées à vif dans la viande du monde, n'auraient rien changé à ça, à la pesanteur d'être ce qu'il était, fils de cette mère, de ce père, héritier d'eux, voué à eux, à leur ressassement, à leur fermeture.

Dans le calendrier décembre manquait. Je lui avais demandé pourquoi. C'était un sapin de Noël, décoré, tout en lumières de couleurs, rouges et jaunes, sur fond de nuit, au milieu d'une place de village, sur la neige bleue. J'imaginais très bien ça. Il savait l'image par cœur. Il n'aimait pas Noël. Chez lui c'était rien. Sa mère ne cuisinait pas ; elle faisait à manger, pour entretenir les corps ; de grosses nourritures, de la soupe, des pommes de terre, et la viande en pot au feu tout le temps avec le bouillon qu'elle allongeait d'eau et de vermicelle, épais, gluant. Le jour de Noël comme les autres jours. Lui, il voyait que chez les gens c'était une fête. À l'épicerie, sur les visages, il le voyait ; et plus tard à la télévision, il entendait le Noël des autres ; ça parlait fort dans le poste qui était toujours allumé. Il ne regardait pas. Il avait brûlé l'image du calendrier.

Il n'aimait que la messe de minuit. Chaque soir de toute sa vie avec sa mère, Roland s'était couché à neuf heures et demie. Sa mère coupait l'électricité, elle avait la hantise du court-circuit, de l'étincelle sournoise et fatale. Elle fermait les portes et les volets. Été comme hiver on était dans le ventre vide de la maison, prisonnier d'elle. On n'avait plus qu'à dormir. Sauf le soir de Noël. Roland sortait. Sa mère le savait. Elle laissait la porte de l'atelier ouverte. Quand il avait commencé à travailler avec son père, il avait eu le droit d'être seul dehors dans la nuit de Noël, d'entendre claquer sur la route les semelles cloutées de ses godillots de cuir noir, d'enfoncer dans les poches de sa canadienne fourrée, col remonté, ses mains longues, blanches, maigres et toujours froides. Il avait eu ce droit et cette liberté de marcher dans la nuit vers les lumières de l'église, vers les autres, vers les visages clairs des femmes et des enfants, vers l'ange de la crèche qui opinait de sa tête de plâtre rose quand on glissait une pièce dans la fente de sa poitrine. Il aimait surtout cet ange-tirelire et les chants, le *Minuit chrétien* qui résonnait en tonnerre de chevrotements tenaces sous les voûtes rondes de l'église chaude. Je savais cela. Je l'avais connu, mais je ne me souvenais pas de Roland à la messe de minuit. J'avais été, moi, du côté des heureux de la terre, de ceux qu'attendent les cadeaux longuement choisis et les champignons de sucre fondant fichés dans la bûche crémeuse.

Maintenant que, déjà, sa douceur m'échappe, j'entends la voix de Roland, un peu nasale, légère, à peine posée, une voix comme un oiseau. Il aimait raconter si on savait demander, et attendre. Qui a demandé. Qui a attendu. Je l'ai fait parfois et tout me revient dans son silence à lui, qui a voulu ça, la mort seule avec sa chienne dans le noir.

Le frère de Roland s'appelle Marcel. Quand il vivait encore ici on l'appelait Marcelou, parce qu'il est tout petit. Ma mère m'a raconté que ce prénom lui vient d'un oncle, le frère cadet de son père, mort peu avant sa naissance ; il était épileptique et vivait avec son frère et sa belle-sœur. Ma mère s'en souvient très bien. On n'avait pas su exactement de quoi et comment était mort l'oncle Marcel. Les gens avaient commenté la chose, et glosé sur le prénom de l'enfant. Roland disait « mon frère », et ne m'avait jamais parlé de l'oncle.

Marcel est toujours très petit, très maigre, très blanc. Il a une grosse voiture et personne ne l'appelle plus Marcelou. À la sortie du cimetière il est venu me voir. Sa poignée de main est sèche, presque violente. Je crois qu'il avait honte, honte de cette famille de fous, qui se suicident, qui se pendent, qui se donnent en spectacle, en pâture, aux autres, à ceux du village, si prompts à déchirer ; honte d'en être, d'être le dernier et de devoir encore porter ça, d'être rattrapé toujours par eux, par leur puanteur, leur énormité, leur démesure, leur impuissance, leur solitude. Il m'a remercié, en homme qui connaît les usages. Il parle vite. Il a voulu que tout aille très vite, le plus vite possible. Il a des yeux immenses, d'un bleu perdu, les yeux de sa mère. Je n'ai vu que ça, et sa veste. Il portait une veste de cuir noir, luisante, épaisse et comme rembourrée. Rien ne peut mettre Marcel à l'abri de son sang ; la peur est en lui. Sa mère la lui a donnée. Il ne sera pas consolé.

Sa femme l'attendait dans la voiture. Ils repartaient tout de suite. Ils avaient fermé la maison. Il ne veut plus entendre parler de rien. Ils vont tout vendre. Le notaire de Murat s'en occupera. Ils ne reviendront que pour faire le vide. C'est ce pays qui est invivable. Comment je peux résister, moi. Il était tout tendu, dans la lumière d'hiver, glacée. Surtout après avoir connu autre chose. Il avait l'air bien renseigné. Comment je peux tenir. Il était tout raide de vieille haine. Sa respiration montait droite dans l'air bleu entre nous deux. Il me faisait presque mal. Je pensais à Roland, à son silence, à cette paix qui coulait de lui et qui était fausse, ou qui n'avait pas suffi, ou qui avait cessé d'être. J'ai seulement dit que Roland me manquerait. Il a eu l'air surpris. Il m'a laissé un jeu de clefs de la maison.

J'ai enterré la chienne, dans le jardin, derrière l'atelier. J'ai dû creuser longtemps. Le sol était très dur. J'ai attendu que tout le monde soit parti. La chienne était avec Roland dans l'atelier, sur l'établi, dans une caisse, une sorte de cercueil d'enfant. Il l'a fabriquée lui-même, avec les outils de son père qu'il a ensuite soigneusement rangés. Il a eu pour cette caisse les gestes, longs, lents, et patients que je lui connaissais dans le travail. Il a pris son temps, enveloppé dans le regard doré de la chienne, assise ou couchée en face de lui sur le tas de sciure et de copeaux où son corps a laissé une empreinte ronde. Il a dû la prendre quand elle était encore souple pour l'allonger dans la caisse, sur le côté, comme dorment parfois les chiens dans l'abandon des heures les plus chaudes, du sommeil le plus profond. J'ai glissé le couvercle dans la rainure ; j'ai pensé aux plumiers des écoliers. J'ai fermé la caisse.

Il savait que ce serait moi qui enterrerais la chienne ; moi aussi qui le toucherais, lui, qui le laverais, qui l'habillerais. Je l'avais fait pour mon père. Nous en avions parlé. Le corps de mon père avait été pris par la maladie, couturé, marqué, mangé par elle ; mort avant la mort. Je me souviens du poids dérisoire du corps de mon père dans mes bras. Il était comme un vieil enfant. La mère de Roland était morte dans son sommeil. Il n'y avait eu aucun signe. Il l'avait trouvée un matin. Elle n'était même pas vieille. Il s'en était occupé seul, avant de prévenir quiconque. Il avait, comme il disait, donné les soins, pour qu'elle soit présentable. Elle était énorme ; elle tressautait plus qu'elle ne marchait. À chaque pas tout son corps se répandait, semblait sur le point de se répandre, puis se reprenait, miraculeusement, au prix d'un effort colossal, se rassemblait. Elle continuait, suante, éructante. Elle sentait très mauvais.

Les traces de vie de Roland et de la chienne sont dans l'atelier, muettes. Elles ne peuvent rien me dire de ces moments où il savait qu'ils allaient mourir, les deux, parce qu'il l'avait choisi, lui. C'était la première fois qu'il choisissait. Il n'avait pas choisi d'être menuisier, de vivre avec sa mère, dans ce pays, dans cette maison. Il ne s'en plaignait pas. Il disait seulement quand, parfois, il parlait du frère, que lui avait su vouloir, que toute sa volonté, il l'avait mise dans l'écart, dans la distance entre lui et la glu de la maison, de la mère, de la transmission nécessaire, de l'héritage obligé. Rien n'avait retenu le frère quand Roland, lui, était resté. J'ai passé une nuit dans la maison avec lui, dans son silence, dans la raideur de son corps. Je n'ai pas dormi. J'aurais tant voulu qu'il ait eu moins peur, au moment de. Seulement ça.

Toujours il avait eu peur. Sauf dans le travail ; là il était à l'abri, dans la certitude des gestes utiles ; et dans la maison aussi. Il vivait dans trois pièces, sa chambre, l'atelier, la cuisine. Il se lavait à l'évier. Il mangeait assis au bout de la table longue, en face de la fenêtre. La cuisine était grande et n'avait qu'une fenêtre, ouverte à l'est, comme l'atelier. Roland avait enlevé les rideaux. Il les avait brûlés dans la cuisinière bois-charbon parce que sa mère ne faisait jamais le ménage et que les rideaux étaient tendus de vieille crasse jaune et marquetés de chiures de mouches définitives. Irrécupérables il avait dit. Récupérer était son mot. Il récupérait tout. Ses mains, ses bras, son dos, son corps long se penchait sur les choses, les vieilles, les cassées, les usées, celles qui d'avoir trop servi finalement s'abandonnaient. Il les touchait ; il les mesurait de l'œil ; et il disait, on va voir. Et on voyait. Les portes de caves, d'étables, de granges, de maisons ou de placards, les crèches des vaches, les timons des charrettes et des remorques, les boiseries, les cloisons, les coffres, les armoires, après lui, par lui, recommençaient, reprenaient le service de la vie des vivants pressés, affairés. Il donnait du sang nouveau. Les gens disaient, Roland nous récupérera ça. Et ils l'appelaient. Et il faisait. Mais pas avec du neuf, pas à partir de rien. Il avait besoin de traces.

L'école pour lui avait été terrible. Il n'en parlait pas, mais ma mère me l'avait raconté. Elle avait été cantinière pendant plus de vingt ans. Elle ne cuisinait pas, elle servait, surveillait la tablée, aidait les plus petits. Elle aimait ce travail et la troupe des enfants. Ils étaient différents de ceux du bourg. Ils venaient des coins les plus écartés de la commune et ne connaissaient rien d'autre que le confinement de la ferme familiale. Les premières fois la stupeur des nouveaux se nourrissait de la présence d'autres enfants qui n'étaient ni frère ni sœur ni cousin. On se guettait, on se humait, on se goûtait. Chacun, plus ou moins vite, trouvait sa façon d'entrer en commerce avec les autres, inventait des gestes, un jeu. C'était parti. L'école les emportait, tous. Elle n'avait pas emporté Roland. Quelque chose en lui avait refusé. De son entrée au cours préparatoire jusqu'à son départ en apprentissage, il ne s'était pas départi de la stupeur des premiers jours.

Il sentait mauvais. Partout, toujours, un fumet le précédait, le suivait, l'isolait du monde où les autres enfants jouaient, riaient, couraient, criaient. Il sentait la vieille crasse tenace, le froid, l'humide, le beurre rance et le graillon. Ma mère et Madame Andral, la cuisinière, lui avaient appris à se laver les mains en allant chercher le noir sous les ongles. Il ne voulait pas déboutonner les poignets serrés, raides, de ses chemises à carreaux.

Sa mère le tondait régulièrement et les poux lui furent épargnés. Il allait, crâne duveteux, très tôt grandi, démesuré, dégingandé, comme si son corps, pendant ses douze premières années, n'avait tendu à rien d'autre qu'à cet étirement sans fin, cette démesure silencieuse et organique. Son torse demeurait étroit et sa mère rallongeait ses pulls, manches et corps, de laines de couleurs disparates, fréquemment incongrues. Elle aimait le violent, le criard et achetait au rabais sur les bancs dans les marchés des lots de pelotes dont personne n'avait voulu. Elle surgissait parfois sur la place du bourg, drapée dans d'invraisemblables châles-couvertures affolés de vert, de jaune, de violet, à bout de rose ou de bleu. Les pulls de Roland s'allongeaient à l'unisson et les rires des autres, des filles surtout, saluaient ces extravagances vestimentaires.

Le désarroi de l'école s'était nourri de ça, de la honte du corps, odeurs et vêture. Il n'avait pas joué. Il n'avait pas ri. Il n'avait pas été puni. Il avait appris, lentement, ahanant dans le tourbillon des autres, sous la férule de maîtres plus ou moins patients, plus ou moins résignés ou indifférents. En grandissant il avait compris qu'il pouvait faire, lui, ce que sa mère ne faisait pas, se laver, et laver ses vêtements. Il avait senti moins fort, mais le pli était pris, profond, creusé, d'être seul dans la cour, sous le préau, dans la salle de classe et à la cantine où il mangeait au bout du rang, sur le côté, parce que très vite il avait été trop grand pour pouvoir loger ses jambes entre la table et le banc.

Tout remonte. Ce que je sais de Roland, ça se rassemble et ça fait boule. C'est dans mon ventre, dans ma gorge. J'aurais dû, j'aurais pu. Je n'ai pas vu. Je n'ai pas su. Il glissait tellement à la surface du monde, entre les gens, nous, nos mots, nos regards, ce qui nous tient, nous fait tenir et nous mord jusqu'au sang. Il m'avait donné un petit de sa chienne. Je n'avais rien demandé. Il était venu, un lendemain de Noël, et il avait posé le chien sur la table ; il avait dit trois mots et il était reparti. Il avait peut-être pensé à ma solitude dans la maison quand je n'étais pas sur les chantiers. Il savait ça, lui, le bruit du sang, son battement dans les oreilles, les heures longues quand les autres vivants sont loin, ailleurs, ensemble.

Il avait dû penser qu'un chien c'était bien pour moi. Il avait raison. Je l'avais appelé Bibine. Il allait, venait, trottait autour de moi, devant, derrière, aux aguets de tout, bruits, odeurs, présences des bêtes ou des gens, le corps roux, chaud et tendu, les pattes prestes, les oreilles souples, l'œil vif, la langue violine et douce, silencieux et ardent. C'était un chien qui aboyait peu, comme sa mère. Il avait été écrasé par une voiture sur la route du bourg.

Toute une nuit j'ai marché dans la maison de Roland. Après la mort de sa mère il avait décapé, récuré. Il avait jeté, il avait brûlé. L'odeur même de la maison avait changé, avait pâli, reculé, s'était émaciée. Il avait fait ce travail dans toutes les pièces et, ensuite, il avait fermé les volets, les fenêtres et les portes. Il avait condamné la plus grande partie de la maison et n'avait gardé pour lui, pour y vivre, y avoir chaud, y demeurer dans la longueur des jours et des nuits du temps, que les trois pièces qu'il aimait : l'atelier, la cuisine attenante, et, en enfilade, la petite chambre du fond qui avait toujours été la sienne. Il était sur son lit de garçon. Je l'avais placé là, avec les autres, le maire, le capitaine des pompiers et le docteur Roux. Ensuite ils étaient partis ; ils nous avaient laissés.

Je ne me suis pas assis à côté de lui sur la chaise. Je ne l'avais jamais vu couché. Il était long. C'était lui, et, cependant, ce n'était déjà plus lui, là, dans ce costume gris que j'avais trouvé dans son placard et que je ne lui connaissais pas. Anthony, le capitaine des pompiers, avait dit, c'est le costume de l'enterrement de sa mère. Et il avait raconté que pour l'enterrement de la mère, Marcel était revenu comme cette fois, en coup de vent. Il faisait son service militaire. Il était blanc et tondu, en uniforme, et il pleurait devant tout le monde sans un bruit ; ça coulait de lui ; il regardait droit devant. Roland ne pleurait pas et, de se tenir à côté de son frère qui était comme un enfant, il paraissait encore plus grand.

J'ai pensé qu'il n'avait jamais pu se déplier dans ce lit, s'étirer, pieds, jambes, torse, cou, tête. Il devait dormir serré, rassemblé. Le bois de lit était lustré, lisse et doux. Je suis monté à l'étage. C'étaient des chambres. J'ai allumé la lumière. Les ampoules pendaient. Il y avait peu de meubles, un lit, une chaise au chevet, une autre chaise, et des placards encastrés dans les murs. Ça sentait le vide et la poussière, la nuit. Je ne suis pas entré. Je suis resté au bord. C'était la vie de Roland, son envers blanc où vivaient les fantômes du père, de la mère, du frère en allé. Ils glissaient dans le silence de cette nuit comme ils l'avaient fait au long de toutes les autres nuits, quand Roland était vivant, dans la petite chambre du fond, et que la chienne jaune dormait dans l'atelier, roulée en boule sur le tas de sciure fraîche.

Je me suis assis dans l'atelier. Sur le banc, à droite de la porte du jardin, adossé à la cloison de planches larges et rousses. Roland avait placé là l'un des deux bancs qu'il avait retirés de la cuisine. L'autre était sous l'auvent, du côté du jardin. Les soirs de juillet, l'été du départ de M., j'étais souvent resté à cet endroit, les yeux ouverts sur rien, posé. Je fumais et j'entendais dans l'atelier les gestes de Roland ; la porte était ouverte. Les outils glissaient, feulaient. La chienne était couchée sur la pierre de seuil, les yeux mi-clos, le museau allongé sur ses pattes souples. Je n'avais jamais fumé dans l'atelier. Je ne l'ai pas fait. Le poêle était éteint. J'ai regardé la chienne dans la caisse sur l'établi. Je ne l'ai pas touchée. Ce corps-là, un corps de bête, était parti beaucoup plus loin dans la mort que les autres corps que j'avais tenus dans mes mains.

Mon haleine dessinait dans l'air froid des signes blancs aussitôt défaits. J'ai remis de l'ordre dans le tiroir de la table de Roland que j'avais fouillé pour chercher l'adresse de son frère. J'ai reconstitué son ordre. Un carnet de factures à peine entamé, un carnet neuf, et un autre usé, les trois posés à plat dans le fond du tiroir ; un crayon de bois soigneusement taillé au couteau, un stylo à bille Bic quatre couleurs corps blanc et bleu comme ceux que l'on utilisait à l'école, une gomme bleu et rose, souple, usée aux deux bouts et une règle de bois alignés à côté d'une pile d'enveloppes longues prétimbrées et du carnet-répertoire à spirale dans lequel j'avais trouvé le numéro de son frère, à l'initiale du prénom.

C'était tout. Il avait respiré là. Il n'y avait rien d'autre; rien à savoir, à comprendre de ce qui l'avait poussé à refuser, à s'en aller, à dire vous ne m'avez pas su je m'échappe c'est trop de tout qui pèse trop de rien et je ne pousserai plus la neige des jours avec mon ventre. Roland n'aurait pas parlé avec ces mots qui étaient à moi et roulaient dans ma tête. Roland n'avait pas parlé. Je devais rester moi aussi dans son silence qui était celui des bêtes, des arbres, des choses, un silence plein de signes inaudibles et indéchiffrables. J'ai attendu le matin dans la cuisine, assis à sa place. La nuit était sans lune, festonnée d'étoiles, dure, glacée. Roland se levait avec le jour, selon les saisons. Il était du matin comme l'on est d'un pays, indéfectiblement. Chaque jour, depuis onze ans, depuis la mort de sa mère, il avait bu là son café, très noir, âpre, serré, sans sucre. Il s'était tenu à cette place pour recommencer avec le jour, continuer à être, à vouloir, à attendre, à espérer peut-être.

Il ne parlait pas des femmes. Il ne les regardait pas non plus. J'avais travaillé avec lui sur des chantiers. Je n'avais rien surpris d'autre qu'une sorte de gêne qui pouvait passer pour de la timidité et que certains hommes provoquaient aussi en lui. Il était à son affaire avec les silencieux, les sobres qui disaient peu et décidaient posément. Parfois nous nous étions retrouvés sur des chantiers de restauration, longs et minutieux, dirigés par des femmes, des étrangères le plus souvent, anglaises ou belges, qui avaient de l'argent, l'amour de ce pays récemment élu et des idées bien arrêtées. Une fois ou deux, de son regard gris et patient, il en avait appelé à moi, à mon arbitrage. Il ne voulait pas d'histoires. La férule de sa mère, ses éclats, l'avaient usé avant le temps, émoussé. Il ne voulait pas que l'on criât, que l'on fît de grands gestes, que l'on eût des mots. C'était inutile et accablant.

Le matin est venu. Dans le pantalon de Roland, celui qu'il portait quand; il était propre, je l'avais rangé dans le placard; dans sa poche, j'avais trouvé son couteau, le couteau de son père, un Laguiole. Je l'avais laissé sur la table de la cuisine. Je l'ai pris; tout de suite il a été chaud dans ma main. Il était pour Roland, à lui, il l'emporterait; je l'ai posé à côté de lui, pour les autres, pour qu'ils comprennent. J'ai vidé le poêle de l'atelier et jeté les cendres froides dans le jardin, contre le cabanon. J'ai refait du café. Le maire est arrivé un peu après huit heures. Il s'occuperait des formalités et de la famille, le frère et son épouse, comme il disait, qui devaient être là dans la matinée pour la mise en bière. On n'attendait personne d'autre.

À la sortie de l'église, j'ai vu la bibliothécaire. Le bibliobus des enfants était devant l'école, la porte ouverte, et elle sur le marchepied, blanche, blonde dans la lumière de l'hiver. Elle m'a reconnu. C'était l'heure; trois heures et demie, après la récréation de l'après-midi. Les enfants étaient sur la place, avec l'instituteur. Ils se taisaient. Ils attendaient le cercueil, de tous leurs yeux, la bouche ouverte, sans bouger, campés, graves, comme leurs parents, comme nous faisons tous ici quand ça meurt. Nous avons suivi la voiture qui montait vers le cimetière; ils sont entrés dans le camion. Quand je suis redescendu, après le départ du frère de Roland, le bibliobus était encore là. Les enfants en sont sortis, en grappes, sautillants et affairés, les livres nouveaux ouverts entre leurs mains ou coincés sous le bras, contre l'anorak. Ils ont couru vers l'école.

Quelques parents attendaient déjà devant la grille; ils n'étaient pas rentrés chez eux après l'enterrement; ils feraient d'une pierre deux coups en ramenant le gamin en voiture. De toute façon le ramassage scolaire aurait du retard : la jeep de la commune transporte les cercueils et les enfants. On la tend de noir pour l'occasion et les sièges des passagers sont amovibles. Il faudrait bien une demi-heure pour retirer les tentures et réinstaller les banquettes. On n'avait pas tellement envie, ce soir-là, de savoir son enfant assis à la place du mort ; surtout à la place de ce mort-là, qui l'était un peu plus que tous les autres, qui l'avait choisi, qui avait failli, qui avait trahi. C'était impressionnant pour les enfants. On pouvait attendre. Quelques-uns étaient au café ; de la salle on voyait très bien la cour de l'école ; on avait chaud ; on se sentait vivant.

Octobre 2000.

LA FLEUR SURNATURELLE

Ils sont dans la cuisine, assis, chacun à un bout du banc. Il revient du marché. C'est le 31 octobre. Il dit, j'ai acheté la fleur. Elle ne le regarde pas. Ses yeux sont posés devant elle. Elle bouge un peu son corps, à peine, comme ça. Il continue, elle sera pas fanée demain. Elle a entendu. Elle se tourne. C'est presque rien, le haut du buste, le cou, le bras gauche ; son bras droit reste posé sur la table, le coude juste au bord. Elle tient son menton dans sa main. Elle porte une blouse de coton bleu, des pantoufles à carreaux fourrées. Elle ne dit rien. Il dit, c'est une fleur surnaturelle. Elle n'y tient plus. Tout son corps se penche, pivote ; sa tête est baissée. Elle répond sans le regarder, ça fait quarante ans que je t'explique qu'elle est pas surnaturelle la fleur elle est artificielle. Il mange, il enfonce sa tête dans son cou. Il pique un morceau de fromage et de pain au bout de son couteau. Sa main droite est suspendue. Il mâche menu, il avale, il déglutit des mots, artificielle surnaturelle c'est pareil.

Ils sont dans la voiture. C'est le 2 novembre. Il conduit lentement. En arrivant à Ségur, devant la gendarmerie, il lui dit d'attacher sa ceinture. Elle le fait. La ceinture se tend sur elle. Il allume la radio, RMC, en sourdine. Il regarde le pays. Elle se tait. Elle a mis du rouge à lèvres brun et un parfum sucré. Il commente. Il parle des bêtes dans les prés. Il ne dit pas les vaches, il dit les bêtes. Elles sont bonnes ou elles ne sont pas bonnes. Elles ont encore de l'herbe ; elles n'en ont plus assez, ou trop ; elles la gâchent. Les bêtes sont tout son entretien, son unique paysage. Elles remplissent le monde. Ils roulent vers le pays bas où tout est plus doux, la saison moins avancée, il n'a pas gelé, les arbres sont encore charnus et les prés plus gras. Il dit, c'est le bon pays. Il dit toujours ça. Depuis quarante ans. Il ne s'est pas habitué aux hivers du pays d'en haut, au temps sauvage. De novembre à avril, les vaches sont dans les étables. On attend la neige. On la craint. C'est trop dur, c'est trop long. Il n'aime pas ça. Elle non plus. Ils sont nés au pays d'en bas. Ça ne s'oublie pas.

Ils sont dans le tunnel. C'est une frontière entre les deux pays. La voiture est confortable, bien suspendue. C'est une Citroën Picasso bleu métallisé. Elle ne conduit pas quand il est dans la voiture. Elle tient son sac fermé sur ses genoux. Ses mains sont croisées sur le sac, des mains petites, tachées. Il a suspendu sa veste verte sur un cintre, devant la porte arrière gauche. Son manteau à elle est plié en deux, sur la banquette, du côté droit, de son côté. Les choses ont une place dans la voiture. On ne fait pas n'importe comment. La voiture sent, le parfum, le fromage, le chaud, l'odeur des corps assis là ce jour, et d'autres corps les autres jours ; des odeurs fondues, ramassées dans ce qui prend les narines, la gorge, et les serre. Elle regarde les maisons quand il y en a le long de la route. Elle les connaît toutes. Certaines ont été construites récemment. Elles sont pâles et déjà vieilles. Elles ont des portes-fenêtres en bois verni marron brillant. Des gens de quarante ans les habitent. On voit des jouets d'enfants en plastique de couleur oubliés dans les jardins et les cours devant les maisons. Elle regarde les rideaux, les touffes de dahlias fripés et les géraniums. Elle a rentré les siens. Elle le fait toujours avant le 1er novembre, mais ici c'est le pays d'en bas où tout est plus doux. Elle dit, tu m'arrêteras à Vic je veux acheter des gâteaux pour mes sœurs.

La fleur surnaturelle est dans la voiture, à l'arrière, calée entre le siège avant gauche et la banquette, de son côté à lui. Elle est orange. Elle se dresse. Elle est invincible et flamboie en l'honneur des morts, en leur nom, pour leur mémoire. Elle est en gloire. Elle rassurera les familles, elle réjouira les vivants, elle ne faiblira pas, elle ne trahira pas, ni ne ploiera ni ne s'inclinera devant les perfidies nocturnes et hivernales de la nature hostile. Car la nature est hostile. La fleur surnaturelle ne frémit pas. Elle est lisse et douce. Elle méprise les frimas, les toise et les confond. Elle ne craint pas la morsure blanche du gel. Elle l'ignore avec superbe. Elle n'ira pas, dès la mi-novembre, rejoindre le cortège navré des naturelles, chrysanthèmes pommelés et autres orgueilleuses fantaisies, brunâtres, pitoyables, molles et déshonorées, entassées en monceaux nauséabonds, promises à la longue putréfaction à ciel ouvert à la sortie des cimetières. La fleur surnaturelle tient bon. Elle résiste. Elle s'obstine et perdure. Elle macule de couleur les aubes d'hiver, et les matins, et les après-midi, et les crépuscules blafards. Au cimetière, elle éclate en orange pour longtemps dans le noir des nuits longues de l'hiver. Il l'a choisie.

Ils sont dans la voiture. Ils arrivent à Aurillac. C'est la ville. Ils traversent la zone d'activités commerciales et industrielles. Centraliment, Sanibat, Chantemur, Bricorama, Mécanique-Électricité-Auto, Flagelectric, Crédit Agricole, Auvergne Collectivités, Sécurigaz, La Foir'Fouille, Bosch, Ladoux, Mobalpa, Florinand, Gamm Vert, Cuisine Plus, Gel 2000,

Cheminées Philippe, Intermarché, Lafargue, Auvergne Carburants, Lacombe, Rouchy. Des hangars, à droite, à gauche, longs, bas. Ils regardent. Elle pense des choses. Elle pense que c'est commode d'avoir tous les commerces comme ça près de chez soi. Il suffit d'aller. À Géant tout est là, en même temps, rassemblé dans la galerie commerçante. Il fait toujours chaud. Il ne pleut pas. C'est confortable. On laisse la voiture au parking. Après les courses on mange à la cafétéria. On n'a pas besoin de penser au repas, de choisir, de décider, pour manger, à midi, le soir, sortir la viande du congélateur, éplucher les pommes de terre, ranger, la vaisselle, tout, chaque jour, continuer. On n'a pas besoin. À la cafétéria on prend, on paie, on s'assoit. C'est simple. Ses sœurs le font parfois. Elles le racontent. Elle y pense dans la voiture. Il s'arrête à chaque feu. Il n'est pas sûr d'être dans la bonne file. Il compte les feux. Il y en a onze. Il le sait. Il n'aime pas ça, s'arrêter, repartir. Il dit, quand on en a un on les a tous. Elle est d'accord. Ils arrivent au rond-point. Ils sortent de la zone d'activités commerciales et industrielles.

Ils sont dans la campagne. Ça recommence, les maisons, les bêtes. Ils approchent. Ils reconnaissent les endroits, le pays d'enfance et de jeunesse. Là, ils allaient au bal, à vélo, ou en voiture, à plusieurs, les premières voitures, la Juva 4 du père. Là, il a eu un accident, en deux-chevaux. C'était plus tard. Ils étaient déjà mariés. L'année suivante ils sont partis ; ils ont acheté la ferme au pays d'en haut. Ils connaissent les gens qui habitent dans les maisons. Ils savent à qui appartiennent les bêtes. Ils sont allés à l'école et au catéchisme avec ces gens. Ils les revoient aux enterrements, engoncés dans les manteaux, les vestes, les corps un peu raides, les visages labourés de peine parfois quand ils enterrent, le père, la mère, un frère, ou un fils, une fille, un jeune. Ils passent à l'offrande, ils n'osent pas chercher un regard, ils serrent une main, les femmes s'embrassent, on dit trois mots, c'était son temps, ou c'était pas à lui de partir, ou ma pauvre Colette, ma pauvre Colette. Et on pleure. Les femmes surtout. Ils ont ces souvenirs avec ces gens. Ils savent leurs vies. Ils arrivent. Ils sont arrivés. Ils garent la voiture sur la place devant l'église. Ils descendent le petit chemin. Ils marchent doucement. Il est devant. Il a mis sa veste verte. Il porte la fleur surnaturelle.

Ils sont au cimetière. Devant les tombes des deux familles, l'une est proche de l'entrée, l'autre plus loin en contrebas sur la droite. Le cimetière est garni, décoré, à bloc, ça bat son plein, c'est le 2 novembre, la fête des Défunts, c'est écrit dans le calendrier. Alors. Ils se sont penchés, ils se sont affairés brièvement ; les tombes étaient en ordre, elles avaient été visitées la veille ; les frères et sœurs étaient venus, des deux côtés, avaient fait le nécessaire. Ils habitent tout près. C'est plus facile. Il a posé la fleur surnaturelle à côté de celle de son frère. Il s'est tenu devant la tombe. Il faut se tenir devant ses morts. Il a dit des choses entre ses dents, il s'est parlé, il s'est consolé. Ses morts sont morts depuis longtemps. Il a pensé à eux. Il a regardé les photos, les plaques, les dates. Il s'en va. Il attendra dans la voiture, au chaud. Elle reste. Elle se tient là. Elle est là. Ses mains sont croisées, à plat. Elle a posé son sac à côté d'elle. Il la gêne. Les chrysanthèmes sont beaux. Elle parle aussi derrière ses dents. Elle prie, peut-être. Elle pense à sa mère. Il attendra dans la voiture qu'elle ait fini, qu'elle revienne. Elle marchera à petits pas. Elle aura pleuré. Il ne la regardera pas. Ils iront manger chez ses sœurs. Ensuite ils remonteront au pays d'en haut. Ils ont deux pays. C'est possible.

Novembre 2001.

LES TAUPES

Ils ne voient jamais les taupes. Ils se demandent comment elles sont et les imaginent velues et aveugles, le squelette infime et malléable, grasses sous la fourrure prune ou violine, munies de pattes courtes et véloces. Ces pattes seraient palmées. Les taupes n'auraient pas d'oreilles et presque pas d'yeux, à peine deux fentes pâles, elles percevraient par d'autres moyens, de singuliers truchements très souterrains, des sens inédits. Leur chair serait molle et leurs corps souples épouseraient les courbes de leurs galeries obscures, galeries harassantes, toujours recommencées, menacées d'éboulements cataclysmiques, de fissures compromettantes, d'inondations, de gluance galopante, d'effondrements radicaux, d'écrasement total. La tâche des taupes est insurmontable, la maintenance des galeries, le fardeau des taupes, leur malédiction, est impossible. Ils n'arrivent pas à supposer la bouche des taupes, leur museau, leur gueule, les mots leur manquent, ont-elles une langue rose, un palais dur et gris, ont-elles des dents pour ronger les racines, ils aimeraient pour elles de larges dents plates de castor qui sont d'excellents outils de terrassement, mais ne conviennent pas à la morphologie brève des taupes. Les taupes ne dorment qu'agitées de tressaillements incessants, pour dormir elles se rassemblent en un monceau tressautant, les taupes ont peur, elles vivent dans la peur et ne vivent pas très longtemps, ensuite elles pourrissent dans la terre sombre qui est leur élément naturel ; ils sont au moins sûrs de ça. Elles auraient de la terre dans le corps, elles en mangeraient. Ils ne savent rien de leur place dans le règne animal, même pas si ce sont des mammifères. Ils le soupçonnent, mais préfèrent rester dans l'ignorance de leur mode de reproduction. Ils pourraient regarder dans une encyclopédie illustrée à la bibliothèque du collège, ils pourraient s'instruire, apprendre au sujet des taupes, et même proposer un exposé, mais ils ne le font pas, et le programme de sciences naturelles ne comporte pas l'étude des taupes, fort heureusement, ils ont vérifié dans le livre de cinquième. Ils ont été rassurés.

La ferme et le collège sont deux mondes séparés, ils vont avec leurs corps chaque matin et chaque soir de l'un à l'autre, ils partent, ils reviennent, ils ont de solides cartables à bretelles, ils sont chaudement vêtus en hiver et attendent le car bras nus dans les petits matins jaunes de juin ou de septembre. De novembre à mars ils partent dans la nuit ils reviennent dans la nuit. Ils font des devoirs sur la table de la cuisine, juste avant le repas, ils sont très organisés, ils ne gardent pour la maison que les exercices écrits, ils étudient les leçons à l'école, entre la fin des cours et le départ du car, dans une salle chauffée où ils sont tranquilles, ils ont l'habitude, parfois ils récitent à bouche fermée, derrière leurs dents, pendant le trajet du matin, ils retiennent tout, ils aiment avoir de bonnes notes et trouvent que le travail de l'école n'est pas difficile, souvent ils s'ennuient, alors ils attendent en pensant à des choses connues d'eux seuls, ils ne s'assoient pas l'un à côté de l'autre en classe parce qu'ils se ressemblent trop et qu'ils n'aiment pas être confondus. Ils restent cinquante minutes dans le car, chaque matin, chaque soir, le trajet dure plus longtemps si les routes sont mauvaises à cause de la neige, dans ce cas ils arrivent en retard au collège, mais les demi-pensionnaires ne sont jamais grondés pour ça, on sait qu'ils viennent de loin. Matin et soir le car sinue dans les paysages. Des enfants l'attendent, au bout des chemins, dans des hameaux, ou au milieu de rien ; dans plusieurs endroits, à l'Estuade, à Ventacou, et à Soulages, un enfant attend seul. Le car croise ou dépasse des tracteurs. Parfois, quand les vaches sont dehors, il traverse un troupeau, certaines bêtes, les plus jeunes, s'affolent et courent le long du fossé ou se jettent dans les barbelés, le chauffeur fait signe aux gens qu'il connaît tous, il est patient et un peu âgé. Dans le car chaque élève du collège a sa place qu'il choisit le premier jour. Ils sont assis l'un derrière l'autre, au milieu de la rangée de droite, ils posent leur cartable sur le siège vide à leur gauche, l'hiver ils n'ôtent pas leur manteau, ils l'ouvrent seulement, ils restent calés dans le tissu, le corps immobile ramassé dans sa chaleur pour prendre encore un peu de sommeil ou pour être avec soi. Les matins d'hiver personne ne joue ni ne parle dans le car, les soirs c'est différent, surtout quand les jours deviennent ou sont encore longs, le car va dans la lumière et tout est changé. Ils regardent, ils savent où sont les maisons, où sont les arbres, où ils auront la vue longue sur la vallée, ils choisissent des images parfaites qu'ils rumineront longtemps, ils ne parlent pas de ça entre eux, mais chacun sait que l'autre le fait. Ils ont l'air d'être calmes ou de dormir, ils ne dorment pas, ils ne dorment jamais dans le car le soir.

La bouillie est violette, ou rouge, selon les ingrédients. La veille, ils sont allés au jardin ramasser des vers de terre, ça ne se passe qu'au printemps, les vers de terre sont lisses et frais, ils se tordent entre leurs doigts, le printemps est la bonne saison pour ce travail, ils ont découpé les vers de terre dans le fond d'une boîte de conserve sans couvercle, avec une paire de vieux ciseaux rouillés réservés à cet usage, et ont posé la boîte sur l'établi dans la cave. On prépare pour eux la bouillie, avec des gestes lents, les enfants ne doivent pas manipuler ces substances qui sont rangées dans le placard des médicaments pour les bêtes. L'odeur de la bouillie monte, molle, tenace et lourde. On fabrique la mixture le soir, elle repose une nuit, elle macère, pour un meilleur rendement, la boîte presque pleine est enfermée dans le placard, hors de portée des deux chiennes qui goûtent tout parce que, les adultes le disent, elles manquent de discernement. Le lendemain est un jour sans école, pendant les vacances de Pâques ou un peu plus tard. Ils partent après le petit déjeuner, ils feront deux tournées, une le matin dans la montagne, l'autre l'après-midi dans le pré, ils utiliseront chaque fois la moitié de la boîte, ils sont munis de forts gants de plastique et emportent aussi deux spatules longues et étroites taillées dans une armature de cageot suffisamment souple et ferme. Ils savent où aller, ils connaissent les endroits où sont les plus grosses taupinières, et les plus fraîches. Ils aiment sentir que la bête n'est pas loin, qu'elle s'évertue, qu'elle s'active sous eux, en vain, en pure perte, pour rien. Ce travail est spécial, on leur confie souvent des travaux, mais cette tâche est particulière, ils l'accomplissent avec gravité, sans paroles. Ils cherchent le trou, ils sont accroupis, les fesses à ras de terre, ils dégagent l'entrée de la galerie avec les spatules, ensuite, à tour de rôle, tantôt l'un tantôt l'autre introduit dans l'orifice une quantité suffisante de bouillie déposée à l'extrémité de la spatule, il faut l'enfoncer, sans toutefois l'incorporer à la terre meuble, l'opération est délicate et requiert méthode et minutie, aucune particule de bouillie, fût-ce la plus infime, ne doit rester en surface, échapper à leur vigilance, la bouillie est foudroyante par hémorragie interne, on le leur a dit, ils ont retenu cette formule. Avant de partir ils ont enfermé les deux chiennes dans le garage, elles y passeront la journée, elles les auraient suivis, elles vont partout avec eux, elles ont hurlé longtemps, ils ne les entendent plus, ils sont trop loin. Ce serait très dangereux pour les chiennes. Ils travaillent. La terre des taupinières fraîches est grumeleuse et douce, les taupes diligentes l'ont tamisée, ils pensent à la farine des gâteaux. Le fumet violent de la bouillie les prend aux tempes, ils se redressent, marchent, aspirent de larges goulées d'air cru, recommencent, penchés, attentifs. Le jour des taupes, ils n'aiment pas le repas de midi, ils n'ont pas faim, les nourritures sentent fort, ils se méfient de leurs mains. Ils sont pressés. Ils repartent.

C'est mieux l'après-midi. Souvent le soleil est presque chaud, et ils se sentent tranquilles dans le grand pré vide et plat. Ils s'accordent une pause au bord de la rivière, ils cachent la boîte, les spatules et les gants dans un creux sûr entre deux grosses pierres, tout près d'eux. Ils plongent leurs mains nues dans l'eau dure et glacée, et jouent à qui les laissera le plus longtemps, ils font main molle pour imiter les poissons morts qu'ils voient parfois flotter l'été quand les eaux sont basses. Ensuite ils frottent longtemps leurs mains rougies l'une contre l'autre pour les assouplir avant les ricochets. Ils sont très forts aux ricochets, spécialement à cet endroit, où ils s'exercent depuis des années, cinq ans au moins, puisqu'ils ont commencé pendant l'été, juste avant d'entrer au CE1. Ils comptent, ils s'exclament, ils rient, ils mouillent leurs bottes vertes jusqu'en haut et même, souvent, leurs chaussettes sont humides. Il faut finir, toute la potion doit être utilisée, entre eux ils parlent de potion magique, comme dans l'album d'Astérix qu'ils ont emprunté à la bibliothèque du collège et qui les a ennuyés. Ils choisissent les dernières taupinières. La boîte est vide. Ils remontent vers la maison, ils ne suivent pas le chemin pentu, ils traversent le haut du pré, ils marchent lentement, sous eux les taupes meurent dans le désordre de leur sang. Avant le repas ils font brûler les spatules dans la chaudière de la laiterie, ils regardent les flammes bleues. Ils rangent la boîte vide et les gants dans le placard. Ils savonnent leurs mains, et les brossent et laissent couler sur elles l'eau froide du robinet de la laiterie. Rien n'y fait, l'odeur sure et rance du plastique des gants les suit jusque dans leur sommeil, posée sur eux comme le signe de feu descendu sur les apôtres à la Pentecôte.

LA COMMUNION

L'aube est blanche. Elle a deux plis plats de part et d'autre de la poitrine, le tissu est épais, on la ceinture à la taille d'une corde blanche, les pieds dépasseront dessous comme ceux du curé et des enfants de chœur qui sont toujours des garçons parce que seuls les garçons peuvent être enfants de chœur bien que les filles, et surtout elle par exemple, soient les meilleures en catéchisme et de manière générale en religion, en croyance les filles sont meilleures, elle a remarqué, mais bon. Le mot poitrine signifie seins, elle en a, ça commence, il faut porter un soutien-gorge couleur chair en tissu élastique dur ; très vite, il n'a plus été net parce que le soutien-gorge n'est pas lavé chaque semaine comme les autres vêtements qui touchent le corps. L'aube a un petit col montant très simple et joli. Elle n'est pas neuve, elle a été louée, dans un magasin spécialisé, les aubes se louent, elles ne s'achètent pas, personne n'en achète, sauf peut-être certaines familles, mais pas ici, ici personne ne fait ça, tout le monde loue. L'aube sera rendue, on voit qu'elle n'est pas neuve, la location est chère. Elle n'aime pas porter sur son corps pour la communion cet habit qui n'est pas à elle, qui a sué sur d'autres corps pendant d'autres messes de communion et d'autres repas de communion. L'après-midi, après manger, elle aura le droit de l'enlever, et le tissu ne sera pas directement sur elle, elle gardera sous l'aube épaisse ses vrais vêtements, le pantalon vert d'eau et le chemisier, elle préfère dire la chemise, une chemise à manches longues, rouge et blanc, elle les a choisis, ils n'ont pas déjà servi, ils sont ses cadeaux de communion. La communion coûte cher. On a des invités, la famille uniquement, vingt-deux personnes dont sept enfants, et le curé, qui vient chez nous, alors qu'il est invité dans d'autres maisons, où ils ont aussi la communion, mais le curé a le bec fin, il sait qu'il mangera bien, et pourra boire à son aise, et que personne ne se battra à la fin du repas, ni ne racontera des histoires trop sexuelles comme pendant le banquet des pompiers, et qu'il pourra partir quand il voudra pour sa sieste. Le curé est violacé.

Elle reçoit ses cadeaux. Elle a chaud. Les personnes l'embrassent, elle doit les embrasser aussi pour dire merci, les femmes ont du rouge à lèvres qui colle et laisse des traces, elle sent les parfums des femmes jeunes ou encore jeunes, les autres femmes ne portent pas de parfum, elles ont des odeurs de corps. Les hommes ne donnent pas les cadeaux, seules les femmes le font. Ces gens parlent, ils trouvent que la messe a été longue mais belle, tous ces enfants c'est toujours de l'émotion et de voir qu'il y a encore des enfants dans nos communes, ou dans nos paroisses, certains disent paroisses d'autres communes d'autres disent pays, dans nos pays. Ensuite ils parlent du temps, de l'herbe qui pousse ou ne pousse pas, des bêtes qui se vendent moins bien, toujours moins bien, c'est comme le lait, si c'est pour le donner au laitier autant ne pas traire les vaches le lait ne vaut pas la peine il faut le transformer mais le fromage on a besoin d'un homme pour le faire, un employé, on n'en trouve plus, et comment on le paye l'employé comment. Ce sont surtout les hommes qui disent ces choses, leurs voix sont fortes, elle les entend, elle ne les entend plus quand ils sortent pour aller voir la nouvelle voiture achetée neuve tout juste arrivée pour la communion encore en w il faut des voitures bien suspendues dans nos pays, dans nos pays. Les cadeaux sont là, posés sur la table du couloir. Elle les regarde. Le boîtier long de la montre est blanc, sa marraine, qui a offert la montre, comme c'est l'usage, est aussi sa grand-mère, elle est large et basse, coiffée d'un chignon écrasé sur sa nuque courte. Le prénom de cette grand-mère et marraine est son deuxième prénom, caché derrière le premier. Les autres cadeaux sont un poste de radio gris et rouge, un appareil photo, un album pour ranger les photos, une gourmette en argent avec son prénom double et long gravé en lettres penchées elle n'aime que les prénoms de garçon sur les gourmettes. Les gens lui demandent si elle est contente, disent qu'elle est gâtée, que les enfants d'aujourd'hui sont gâtés, elle répond que oui, qu'elle est contente. Elle reçoit aussi un stylo plume, un livre de messe en veau et un cadre rectangulaire où la Vierge Marie est représentée sans l'Enfant sur un fond de velours bordeaux la tête petite et penchée le cou ployé les yeux mi-clos. Elle dispose les cadeaux les uns à côté des autres sur cette table qui est dans le couloir, tout le monde les verra en montant à l'étage dans la chambre vide où le couvert a été dressé. Les cadeaux doivent être vus. Elle sort la montre du boîtier, elle est ovale et plate, avec des anneaux qui font bracelet, c'est un bijou de femme, froid et lourd au poignet, on lui demande de faire voir, on veut voir, elle soulève la manche longue de sa chemise rouge et blanc, on lui dit que la montre est jolie, très féminine, qu'il ne faudra pas la perdre. Elle répond que oui. Oui.

Le repas. Elle est placée entre sa marraine et grand-mère, et son grand-père, de l'autre côté, qui est aussi son parrain. Il est gentil. On n'a jamais rien à lui dire. Sa grand-mère et marraine parle avec le curé qui est assis en face d'elle et boit tous les verres de vin qu'elle lui verse. Les nourritures ont été préparées à la maison, on complimente, on s'extasie, tout ce travail, toute cette peine, très réussi, on se remplit, comme si l'on n'avait jamais mangé, de toute sa vie, comme si l'on ne devait plus manger, jamais, de toute sa vie, comme si l'on devait manquer. Elle entend la voix de son autre grand-père, le mari de sa marraine, il parle de Cahors où il est allé voir un match de rugby, les voix se mélangent comme les nourritures dans les estomacs où se déposent, en couches successives, les charcuteries, les bouchées à la reine, le gigot, les pommes dauphine et les deux sortes de haricots, verts et en grains. On aura aussi des fromages, de la salade, des tartes aux pruneaux décorées de croisillons, et la pièce montée qui, seule, n'a pas été confectionnée à la maison mais commandée chez Mangin à Allanche. Les gens appellent la pièce montée le croquembouche, elle a vu le croquembouche, il est à la cave, au frais, sa surface est dure et froide, il ne sent rien. Une figurine de plastique est piquée au sommet du croquembouche, une figurine blanche, une communiante drapée de blanc avec un voile moulé dans le plastique et un visage minuscule, sans traits, sous ce voile de plastique. Le croquembouche est très cher. Elle a pris la figurine, elle l'a cachée, la figurine est dans l'une de ses deux bottes de caoutchouc vert, à fortes semelles creusées de nervure où la terre molle s'incruste et sèche. Elle a poussé avec ses doigts la figurine jusqu'au bout de la botte, personne n'ira la chercher, là, si l'on s'aperçoit qu'elle a disparu, elle a senti sous ses doigts le fond doux et légèrement spongieux de la botte, elle a respiré ses doigts.

Les images pieuses circulent dans une assiette plate bordée d'un filet doré. On boit du café. Les images sont examinées, le curé s'en va avec ses dragées blanches dans un pochon de tulle noué d'un ruban jaune clair. Les dragées des enfants sont en chocolat, les enfants petits jouent dehors, dans la cour, ils oublieront leurs dragées que les mères rassembleront, emporteront avec les images pieuses et les menus dans leurs sacs à main. Les images représentent la Vierge, il y a plusieurs modèles, mais c'est toujours la Vierge, il n'y avait plus de Christ, et la dame du magasin a dit que pour les communiantes la Vierge était mieux que le Christ. Son prénom double et la date, dimanche 12 mai 1983, sont imprimés au dos des images. Elle a noué elle-même les rubans des pochons de dragées, elle a bien aimé faire ça, le tissu des rubans était lisse. Les hommes se sont levés, ils sont descendus, ils sont dans la cuisine, un grand prix de formule 1 rugit à la télé, ils préféreraient du rugby, ils regardent distraitement, ils parlent un peu, ils sont lourds, ils dodelinent. Les femmes aussi, en haut, autour de la table, assises. Il reste du café tiède, et du croquembouche, épars, effondré, on en reprend, on souffle, avant de repartir, il y a des kilomètres, on a trop mangé, on est gêné dans ses vêtements, surtout au ventre, mais pas seulement, comme si on avait grossi de tout le corps, d'un seul coup, d'une seule poussée. Elle est là, elle écoute les femmes, elle n'a pas envie d'aller jouer avec les enfants, d'ailleurs elle n'aime pas jouer. Elle reste, et elle sent que les six femmes voudraient qu'elle ne soit pas là. Les six femmes ne lui parlent pas, elle les voit sans les regarder, elle se tient debout contre le mur dans le coin de la fenêtre, elle tourne presque le dos, elle sait comment chaque femme croise ses bras, ou s'appuie d'un coude sur la table, comment elle place ses jambes, ses pieds, si elle quitte ses chaussures, entièrement ou pas. Les femmes n'ont plus de rouge à lèvres. Elle voit le pré, le chemin et la rivière, elle attend.

Ils sont partis. Les hommes ont regardé le pré, depuis la cour, ils ont dit que c'était un beau pré. Les femmes ont rassemblé les enfants, les vestes, les gilets, les sacs, les portières des voitures ont claqué, les chiens ont couru derrière les voitures en aboyant, ensuite on n'a plus rien entendu. C'est presque le soir, l'air est sucré, il a plu mollement au début de l'après-midi, elle range ses cadeaux, elle aide pour la vaisselle, elle s'est changée, le pantalon est taché, la chemise sent sous les bras, elle a ôté la gourmette. Elle dit qu'elle descend à la rivière. Elle va chercher les bottes vertes, à travers le caoutchouc elle tâte du bout du pied la figurine de plastique dur, elle la prend, la garde dans sa main droite fermée, elle n'a pas de poche. Elle part dans le soir doux, les chiens batifolent, ils vont toujours avec elle à la rivière, ils ont l'habitude, ils aiment ça. Elle touche la tête chaude des chiens qui ont des langues roses. La rivière est grise, elle bruit sous les frênes nus. D'autres arbres, comme les noisetiers bas et ronds, arborent des feuilles courtes, duveteuses, qui luisent dans le soir. Elle est au milieu des choses, elle se tient là, les nourritures de la communion font chemin dans son ventre, elle les sent, entassées, grasses. Elle voudrait ne pas avoir mangé, rien, même l'hostie qui est restée collée dans sa bouche pendant qu'elle remontait l'allée centrale de l'église pour retourner à sa place au milieu des communiantes, les filles d'un côté, les garçons de l'autre. La montre froide pèse à son poignet. Elle la retire, elle la jette dans l'eau grise, avec la figurine.

AU VILLAGE

Les nouveaux boulangers avaient cinq enfants d'âges indistincts et très proches, des enfants petits. Ça ferait du monde pour l'école, du sang neuf, parce que l'école était toujours au bord de la fermeture, toujours menacée disaient les gens, comme si l'école avait été une personne, un vrai corps. Les gens étaient attachés à leur école, et à leur épicerie-boulangerie aussi. Trois ménages, tous munis d'enfants, étaient venus, déjà, étaient repartis, après une saison estivale en trompe-l'œil et un hiver calamiteux. Aucun n'avait tenu plus d'une année entière. Les arrivées avaient été glorieuses et les départs honteux. On ne résistait pas aux hivers. Il eût fallu avoir les reins solides et du cœur à l'ouvrage ; or les gens qui arrivaient là, échouaient là, recrutés par la municipalité, alléchés par elle, étaient déjà usés ; ils fuyaient, ils se réfugiaient, ils ne choisissaient pas, les villes les avaient élimés, on ne savait pas comment ni pourquoi, on ne se privait pas d'inventer ce que l'on ne savait pas, on devinait une habitude certaine des fins de mois difficiles, un pli de résignation, et de précaires espoirs, et quelques illusions sempiternelles sur la campagne qui serait moins dure aux petits que les grandes villes voraces. On devinait tout ça aussi chez les nouveaux boulangers qui venaient de la banlieue de Lyon.

On s'intéressa vivement aux enfants. On les avait sous la main, ils étaient toujours dehors, ils vivaient sur le pays, du moins les trois aînés, une fille et deux garçons que l'école enrôla dès la rentrée de Pâques, CP, CE1, CM1, Kévin, Rami et Jennifer. Le prénom de Rami fut glosé, on interrogea l'enfant qui se montra bavard et délié, il dit que sa maman avait inventé ce prénom rien que pour lui et que c'était mieux d'avoir un prénom pour soi, tout seul, seulement à soi. Et que pour les papiers et les choses officielles il s'appelait Rémi. On aima beaucoup ces choses officielles dans la bouche d'un enfant de CE1 et on eut pour ce Rami des attentions particulières. Il entra dans les maisons du bourg, il mangea des tartines et des bonbons, et même de la soupe et du gratin dauphinois, il regarda la télévision et éblouit chacun par sa célérité au jeu des chiffres et des lettres.

Rami n'était pas beau, maigre et noiraud comme ses frères et sœurs il ressemblait comme eux férocement à sa mère, pruneau sec qui s'activait entre le comptoir, une fillette de deux ans et un nourrisson chevelu de quelques mois. La boulangère, on ne l'appela jamais autrement, attira très vite autour de la boutique les mâles du pays, certes peu rompus à l'art féminin des courses domestiques mais dûment appâtés par des jupes fort courtes et des yeux éloquents. Immenses, cernés, ardents et affamés, inépuisables, insondables, insatiables, affamés, affamés, affamés. Cette femme en voulait, pas de doute là-dessus, elle en était privée, le boulanger n'était bon qu'à faire le pain et, peut-être des enfants, si encore tous ces enfants, qui ne ressemblaient qu'à la mère, étaient bien de lui. Et quasi muet, le boulanger, et très blanc de peau, gras, court, lent, la carpe et le lapin cet homme et cette femme.

Pas bon à la manœuvre le boulanger, pas virtuose de la gaudriole, pas suffisant. On supputa avec d'autant plus d'assurance qu'il conduisait très mal. On se méfie en campagne de ceux qui ne maîtrisent pas la mécanique. Et on a raison. Il se montra pitoyable avec le fourgon des tournées, un fourgon presque neuf, aménagé, mis à disposition et entretenu aux frais du contribuable à la seule fin d'encourager, et de soutenir, le commerce de proximité. Le boulanger calait au démarrage, il roulait trop à droite, frôlant les fossés, il freinait dans les tournants, ne dominait pas la marche arrière, et ne doublait pas, même les tracteurs ; l'état de la carrosserie municipale était éloquent, on en vint à plaindre le fourgon. Toutefois on trouvait le boulanger gentil, quoique timide, et propre, son pain fut jugé passable, et les longues tournées sur les routes sinueuses firent, dit-on, quelques heureux en arrière-boutique.

Les femmes détestèrent la boulangère. Toutes, même les vieilles. D'abord elle était mauvaise mère. Elle ne s'occupait pas de ses enfants, ils vaquaient dans le bourg, pas très propres, pas très vêtus, pas très nourris non plus, picorant au hasard dans le magasin. C'était une femme qui ne cuisinait pas, et lessivait à peine. Elle n'était pas ménagère. Elle tenait la boutique, elle avait trop à faire, elle ne pouvait pas venir à bout de tout, disaient les plus indulgentes, surtout avec un mari lent, toujours au fournil quand il n'était pas sur les routes pour gagner trois francs six sous. En revanche la boulangère savait trouver du temps pour elle, pour son corps, ses fesses, son cul, éructaient les femmes jeunes, enragées, menacées dans leurs hommes. Elle était noiraude, elle ne se maquillait pas, ses cheveux étaient raides et courts, mais les yeux faisaient tout, et le corps. Pardon le corps ! Les jambes, le ventre, les bras, les seins, le cul ! Rien à dire ! Et elle avait eu cinq enfants, dont un nourrisson. Le corps ! Une perfection, ni gros ni maigre, un miracle en boutique, une apparition au comptoir. Toujours en noir et rouge, et impeccable, pas une trace de farine. Et discrète. Parce que si elle avala des hommes, on ne le sut guère, ça ne se répandit pas, ils ne s'épanchèrent point au café. On parla, et déparla, d'abondance, ce fut l'affaire majuscule, mais on ne vit rien, et il n'y eut pas d'empoignade. Point de crêpage de chignon en place publique, pas la plus infime lettre anonyme. C'était une maîtresse femme, elle tenait son monde. Ses enfants eux-mêmes, si peu soignés, l'adoraient et chantaient partout ses louanges, célébrant son culte, le petit Rami surtout se faisait à la première occasion le chantre ébloui de cette maman aux cuisses douces.

Malgré de constantes injonctions émanant des autorités, qui donnaient l'exemple, la fréquentation du magasin fut affectée par le manque d'enthousiasme de l'électorat féminin. Seuls les vieux du bourg, clientèle captive et empêchée, se montrèrent assidus. Le boulanger élargit davantage encore le cercle de ses tournées périlleuses et emmena avec lui Rami quand il n'avait pas classe. L'enfant sut très vite qui était qui dans ces fermes perdues à la corne d'un bois, ces hameaux écartés où surgissaient, armées de paniers, des femmes engoncées dans des vestes de laine, escortées de chiens, cernées de leurs aboiements rauques. Vif, jamais pris au dépourvu, il s'activa au côté de son père, on lui posa des questions, et il répondit, épela le nom de sa maîtresse, Mlle Vacher, ajoutant qu'elle avait presque des moustaches décolorées à l'eau oxygénée, et qu'elle arrivait de Toulouse, la ville rose où il ne faisait jamais froid. Ce luxe de précisions fut jugé plaisant, on attendit l'enfant, ludion des jours gris, il récita poésies, comptines et tables de multiplication, à la demande. Il plut aux fermières. Les ventes furent meilleures et l'on s'enfonça dans le tunnel du premier hiver.

Ensuite il y eut Denis. Il avait entendu parler de la boulangère. Sa mère, qui n'avait plus d'âge, vivait avec lui à la sortie du bourg et le gouvernait en toutes choses. Denis, écrasé de naissance et sans imagination, ne trouva pas de prétexte pour se rendre à la boutique parce qu'il n'en chercha pas. Sa mère déserta le 4 janvier dans son sommeil ; on ne la voyait pas mortelle et la surprise fut considérable. Ses autres enfants, qui s'étaient tous plus ou moins acquittés de leurs devoirs filiaux au moment des fêtes, se rassemblèrent cependant, et accomplirent avec Denis, le puîné, le rituel minutieux des funérailles. Ils étaient six, mariés, établis, le devoir les appelait, ils s'égaillèrent, partagés entre l'affliction d'usage et la sourde inquiétude de laisser seul, pour la première fois livré à lui-même, ce frère silencieux jamais sorti du giron maternel et depuis toujours sacrifié à la cause agricole. Ayant épuisé ses provisions de bouche, las du pain de mie rescapé du réveillon, Denis, sans penser à rien, entra en lice. Il fut pris. Il avait quarante-neuf ans, quelques furtives conquêtes de bal à son passif, et de menues économies en banque. Quoique frugal par éducation, il ne lésina pas, il se fit remarquable, il courtisa à grands frais, il acheta chaque jour, méthodiquement, les broutilles de première nécessité et un article cher, une bouteille de liqueur, un baril de lessive, une boîte de médaillons de foie gras, une brioche aux pralines. On le croisa dans la boutique, il fut brocardé, gentiment, par égard pour sa situation neuve. On n'était pas féroce et l'on instruisit la boulangère qui se montra compatissante. Denis arbora au sortir de son pèlerinage quotidien des mines de mystique comblé. On crut la chose accomplie. Le fut-elle ?

Le printemps pointa, furtif. Il y eut des jours de ciel bleu, de modestes pulmonaires se risquèrent en escouades à la lisière des bois nus. Pâques approchait. Le samedi 8 avril, cependant, veille des Rameaux, on se réveilla avec une couche de neige grasse, épaisse. On frissonna dans le gris, on avait l'habitude, les routes seraient impraticables pendant quelques jours mais ces neiges tardives ne tenaient pas, on attendrait. Au creux de l'après-midi, vers trois heures, Denis entra dans la boutique, il croisa, qui en sortait, un gars du bourg, la mine rouge, l'œil réjoui. Ils s'étaient toujours connus, l'autre, repu et bonhomme, le renseigna, dépêche-toi elle a pas remballé la place est chaude. Denis ne finit pas d'entrer, il était venu en tracteur, le tracteur était garé sur la place, il démarra, il manœuvra, marche arrière demi-tour seconde troisième l'accélérateur écrasé droit tout droit à fond en plein dans la vitrine la porte arrachée le tracteur lancé écrasées les marchandises tout à fond dans le cri du tracteur. L'émoi fut d'autant plus grand que, sans que l'on sût alors comment, on ne le comprit que plus tard, les gendarmes du chef-lieu surgirent presque aussitôt. Graves, la mine compassée, atterrés plus qu'ahuris, ils venaient annoncer à la boulangère que le fourgon de la tournée avait basculé dans le grand tournant en descendant la côte de Triniols ; d'après le conducteur de la voiture qui le suivait le boulanger avait perdu le contrôle du véhicule sans raison apparente, le boulanger n'avait que des contusions, l'enfant était mort.

LA SPEAKERINE

Elle apparaît dans la télévision. Pas à la télévision. Dans la télévision. Dans le cadre rectangulaire de la télévision, elle se pose, là, dans ce cadre, violemment, elle est posée, elle se pose comme un avion qui atterrirait. Il ne peut pas en dire plus sur les avions qui atterrissent, il n'a encore jamais pris l'avion quand la speakerine commence à apparaître. Dans sa vie. Dans leur vie. Dans sa vie on ne prend pas l'avion. On les voit passer très haut, ils creusent des traces bleues dans le ciel d'été. Ou l'inverse. Les traces ne sont pas bleues. Mais on dirait. Quoique n'ayant jamais pris l'avion, l'ayant seulement vu passer, et à peine entendu, il sent que la speakerine atterrit comme un avion dans leur cuisine au moment du repas du soir quand le magasin est fermé. Le magasin est fermé, mais pas le café, des hommes boivent encore des canons à des heures où les femmes ne font plus les courses, parfois un enfant, ou une épouse, c'est un mot que sa grand-mère, maternelle, emploie, et qui caresse les dents, un mot doux comme une potion, une épouse donc surgit dans le café pour un achat, des lentilles une boîte de cassoulet une pile électrique, son père passe dans le magasin, le client commande on dépanne les gens on est là de toute façon et c'est la même maison la même caisse, sa mère déteste ça, vraiment, ça la rend malheureuse. Vraiment. Malheureuse. Parce que. On n'a pas de vie de famille. Encore moins que les pires poivrots de la commune. Ensuite les personnes s'en vont, l'enfant l'épouse l'époux, les épouses ont leur fierté et elles font semblant d'avoir oublié une course. Il ne comprend pas pourquoi les épouses, parfois, envoient les enfants qu'il connaît, qui le connaissent, qui sont dans son école forcément puisque l'école est unique avec une classe unique une maîtresse unique des élèves uniques. Lui ça le gêne. Ce sont des choses qu'il sent, il sent certaines choses. Sa grand-mère, maternelle, dit qu'il a de l'intuition, encore un mot qui caresse les dents quand il les traverse. Son intuition au sujet de la speakerine est précise, massive, la speakerine atterrit comme un avion dans la cuisine. Elle est là. C'est une femme tronc. Il a l'habitude des femmes troncs, sa mère au comptoir du magasin, ou du café bien qu'elle déteste servir au café ça la dégoûte ça la dégoûte elle déteste elle ne s'habitue pas elle ne s'habituera pas jamais tu m'entends tu entends tu m'entends, ou sa grand-mère, la même, maternelle, à la caisse de la boucherie-charcuterie-salaisons Fine Bouche, Maison fondée en 1921, 14, rue des Carmes, Aurillac, Cantal, 15. La speakerine ressemblerait davantage à sa grand-mère qu'à sa mère en ce sens qu'elle ne bouge pas, ou très peu, encore moins que sa grand-mère qui a déjà beaucoup de dignité. Une dignité considérable. Alors que sa mère court partout, la pauvre, et se multiplie, la pauvre, pour servir les clientes, et couper le jambon, et rendre la monnaie, et peser les fruits et tout faire à la fois. Donc sa mère est moins tronc que sa grand-mère et la speakerine, mais la speakerine l'emporte sur les deux, sa mère et sa grand-mère, il doit le reconnaître, par sa jeunesse. Son exquise jeunesse, sa jeunesse exquise. Un vrai mot doux, exquise. Son visage est encadré de cheveux symétriques dont la couleur ne lui est pas connue parce qu'ils n'ont que la télévision en noir et blanc. Il a déjà vu la télévision en couleur deux fois chez Nicole dont le père est garagiste et travaille très bien, lui. Et fait d'excellentes affaires, lui. D'où cet achat éblouissant de la télévision en couleur. Sa mère a été personnellement humiliée d'apprendre que sa première expérience télévisuelle en couleur avait eu lieu chez Nicole, elle lui a interdit d'accepter une nouvelle invitation, elle a dit nous ne sommes pas des mendiants pas encore tout à fait mon fils ne mendie pas les faveurs d'un mécano aux ongles noirs, elle a dit je t'interdis d'y retourner tu entends je t'interdis tu m'entends. Il n'aime pas quand elle lui parle comme elle parle à son père, il ne dit rien, il fait ce qu'il veut. Ce qu'il veut, c'est tout. Il a dix ans. Sa mère ne l'oblige pas, elle ne peut pas l'obliger, c'est sa mère mais elle ne peut pas l'obliger. Il est retourné chez Nicole qui est gentille, mais pas à l'heure de la speakerine, c'est impossible d'être chez les autres à cette heure-là. Pourtant. Chez les autres. La speakerine a des dents sages, on ne voit pas sa langue, ni l'intérieur de sa bouche, ses oreilles sont légèrement dégagées et son cou aussi. Il aime la poitrine de la speakerine, il aime sa poitrine qui se soulève et s'abaisse contre l'écran bombé de la télévision, comme si la speakerine était là, juste là, collée de l'autre côté de l'écran, prête à le traverser pour se trouver dans la cuisine avec eux, prête, pressée contre l'écran, il n'y aurait presque pas assez de place dans la télévision pour loger toute cette poitrine chaude et pointue. La poitrine est dure et moelleuse en même temps, dure à cause du soutien-gorge, et moelleuse à l'intérieur. Moelleuse. Pas molle. Nuance. Sa grand-mère, maternelle, a dû avoir, dans son jeune temps, une poitrine de cet acabit, derrière sa caisse, il en reste sur elle des traces, des vestiges, des reliques, et il a vu une photo, il a bien observé, il a pensé à la speakerine, il a réfléchi, c'est un type de femmes. Vestiges, reliques et acabit sont des mots précieux, comme des pierres ou des bijoux sont précieux. Il aime aussi beaucoup reliquaire, sa grand-mère, maternelle, est une sorte de reliquaire. Elle dit qu'elle et feu son grand-père n'étaient pas favorables au mariage de ses parents. Pas. Favorables. Du tout. Elle n'insiste pas. Elle dit, je n'insiste pas, et il est fier, il sent que, dans ces moments-là, elle lui parle comme à une grande personne. Elle lui parle souvent de cette manière, à cause de sa maturité. On ne voit pas les autres grands-parents, les paternels. Cependant sa grand-mère, maternelle, n'est pas parfaite. Si la speakerine surgissait vraiment dans la cuisine, les épouses qui surgissent dans le café sous prétexte d'une course pour récupérer un époux aviné et sauver l'honneur n'ont pas le monopole du verbe surgir, il en reste pour la speakerine, si elle surgissait, donc, elle sentirait bon. C'est le défaut de sa grand-mère, maternelle, sa faiblesse, le parfum, elle n'a pas de parfum, elle a une odeur. Elle sent la salaison, la salaison de qualité, certes, ce qui est une excellente odeur pour les salaisons de pays, fermières, cent pour cent pur porc, mais pas pour les gens. Surtout pas pour les femmes. L'odeur de la salaison est dans sa peau, depuis tout le temps qu'elle trône en boutique. Avec les salaisons. L'odeur est en elle, elle ne la sent pas, elle ne se sent pas, elle est propre, son hygiène corporelle est extrême ses vêtements irréprochables. Il n'aime pas embrasser sa grand-mère, il n'aime pas quand elle l'embrasse, il ferme les yeux, il reste distant, il ne s'abandonne pas, il ne peut pas, il a l'impression d'être le petit-fils unique d'un saucisson sec et géant qui l'étreindrait avec affection. La speakerine aurait un parfum, qui est difficile à imaginer, aucune des personnes du sexe qu'il connaît n'ayant de parfum. Elle sentirait peut-être la mandarine, quand on l'épluche, dehors, dans le froid, seul, le matin, en allant à l'école, personne ne crie personne n'a les yeux rouges personne n'est triste personne ne fume. Mais la mandarine chaude. Elle sentirait la mandarine et le chocolat, chauds, mélangés, avec en plus un rien de poivre, ou de vinaigre. La télévision en couleur ne l'impressionne pas, il préférerait la télévision en odeurs, on respirerait le parfum de la speakerine, on pourrait fermer les yeux, il les fermerait, pour mieux voir. Son père ne les fermerait pas, son père regarderait il n'est pas aussi intuitif que lui les intuitions de son père n'ont pas la puissance des siennes, dirait sa grand-mère, maternelle. Son père a besoin de voir, il dévore la speakerine des yeux, sa mère le répète, son père ne répond pas, il continue, la porte de la cuisine est ouverte sur la salle du café. Les clients du café ne voient pas la télévision, ils voient seulement les deux bacs de l'évier moderne, la cuisinière, et la fenêtre. Il préfère les soirs où les clients s'en vont tard, son père sort de la cuisine, sa mère ne crie pas, c'est mieux, c'est plus détendu, souvent elle pleure, mais sans bruit. Il a horreur du bruit, son père aussi. Sa grand-mère dit toujours qu'il a été un nourrisson, un bébé, extrêmement silencieux, à tel point que l'on s'interrogeait sur sa santé. Il ne connaît pas la voix de la speakerine, elle ne lui manque pas, il n'a pas envie de l'entendre, le soir et pendant les repas, la télévision reste allumée sans le son. Aucun son. Sa mère fait le son. Sa mère et les clients du café, l'eau qui coule la porte de la salle une chaise sur le carrelage les assiettes sur la table la déglutition des aliments. Son père parle très peu, rarement, par courtes phrases utiles, sa mère le reproche aussi, pour la vie de famille, pour le commerce, c'est impossible. Elle crie, impossible. Il préfère que son père ne parle pas, la dernière fois que son père a dit plusieurs mots, dans la cuisine, les uns à la suite des autres, il a été écrasé par une grosse honte rouge, écrasé, plat, aplati. Dans la cuisine, devant sa mère, à cause de la speakerine, son père a dit, celle-là je la ferais bien venir ici pour passer l'hiver.

LE CORSET

Elle s'appelait Berthe. On ne s'appelle plus Berthe. Même en 1973, et à Saint-Flour, on ne s'appelait déjà plus Berthe. Qui s'appelait encore Berthe en 1973. Personne. On ne le fait plus. Comme disent d'un article démodé les vendeuses de magasin. C'est un prénom de vieille. Elle avait douze ans, un an de retard en sixième, douze ans, un torse de fillette grasse que la puberté n'a pas encore empoignée. Je ne me souviens pas de ce qu'il advint de Berthe après la sixième, elle ne quitta pourtant pas le pensionnat, elle persista jusqu'en troisième, dans ma classe ou dans l'autre classe de même niveau, dans mon dortoir, dans mon réfectoire, elle fut donc, sous mes yeux, empoignée par la puberté, et malmenée par elle, puisque Berthe avait une évidente vocation à être malmenée, par les gens, par les choses, par la nature. Cependant je ne me souviens pas de la puberté de Berthe, des pustules sur son front son menton son nez, j'ai oublié le commencement, le début, l'aurore de sa poitrine, je ne sais plus comment elle s'épaissit, car, forcément, Berthe s'épaissit, elle ne s'allongea pas, la puberté ne lui fit pas cette faveur, elle ne devint pas évanescente, elle ne fut pas métamorphosée en gazelle, œil de feu, peau de pêche et nuque gracieuse ne furent pas son apanage, elle bourgeonna. Des menstrues douloureuses, infernales, abondantes, pléthoriques, la signalèrent à l'attention de tous, forcée qu'elle se trouva, dans son incurie rendue manifeste par des taches indiscrètes, de quémander, au vu et au su de l'étude entière, l'autorisation de se rendre à l'infirmerie à la seule fin de s'y procurer, au plus vite, une protection de secours, d'un modèle antédiluvien et invraisemblable, que la sœur préposée à la garde des remèdes et des malades lui tendrait d'un geste parcimonieux, non sans l'exhorter bruyamment à prendre ses précautions à l'avenir à son âge et c'était toujours pareil et on n'était pas chargé en plus de les garnir c'était pourtant écrit sur la liste du trousseau garnitures périodiques et les mères n'avaient qu'à y penser à leur donner leurs trucs pour quand elles auraient leurs machins à leur en donner assez et en plus ça coûtait cher elles ne se rendaient pas compte. Évidemment. La sœur dite infirmière avait des moustaches. Non, Berthe ne devint pas une adolescente longiligne, elle n'entra pas dans cette grâce ; ses fesses basses, ses cuisses courtes, ses genoux massifs étaient irrémédiables. Berthe ne sortirait pas de son état de Berthe, elle aurait les cheveux gras, les seins flasques, sa pilosité serait envahissante, ses chevilles épaisses, ses poignets gros, à vie. Ici, cependant, j'affabule, je pharamine, je brode et je galope, puisque, au-delà de notre commune année de sixième, je l'ai dit, Berthe s'est abîmée au gouffre de ma coupable mémoire. Elle a sombré.

Reste le corset. Berthe commence avec lui. Avant de la connaître, je connais son corset, je le découvre. Il est posé sur le lit, le lit voisin du mien dans le dortoir des petites, élèves de sixième et de cinquième. Le hasard a fait de Berthe ma voisine de dortoir, son lit est le premier d'une rangée, il touche le mur, elle a un coin pour elle, c'est une bonne place. Ensuite mon lit, et huit autres lits, dix lits par rangées, cinq rangées, cinquante lits pareillement tendus d'un couvre-pieds lavable, sans broderies ni fioritures d'aucune sorte, et blanc, un couvre-pieds opaque pièce maîtresse du trousseau avec la couverture unie bleue de préférence et les deux paires de draps en coton rayés, rose et blanc, ou bleu et blanc, et les deux taies de traversin, assorties. Le dortoir est net, sonore, et blanc. C'est le premier soir, la veille de la vraie rentrée. Plusieurs sixièmes pleurent, les cinquièmes chuchotent, et se taisent quand la sœur Marie-Odile s'approche, les mains croisées dans le dos ; ça sent le linge propre. Je ne pleure pas. Je vois le corset. C'est une chose insensée posée là, sur le lit, une chose rose, très rose, dont je comprends qu'elle est destinée à contenir un corps, à le soutenir peut-être, elle est rose et neuve, abandonnée, laissée, quittée, comme une carapace d'insecte, un insecte femelle, en couleur, qui serait mon voisin de dortoir. Je pense aux pages spécialisées des catalogues de vente par correspondance, l'image des gaines flotte, mais les gaines sont pour les mères, les tantes, les grands-mères, les femmes qui ont servi parce qu'elles ont produit des enfants, leurs corps ont été distendus, et doivent être contenus par des gaines élastiques. Je suis plus ou moins avertie de ces affaires, ça ne m'intéresse pas beaucoup, et le corset est là, j'hésite. J'hésite entre le dessous féminin, la lingerie, et le corset médical, le soin. À l'école primaire dans mon village une petite fille avait porté un corset de maintien après être restée plusieurs mois prise dans une coque rigide de la nuque au bassin nous le savions tous elle ne jouait pas dans la cour elle n'avait pas le droit. Pour rien au monde je ne toucherais la chose qui, je le vois, se ferme au moyen d'une impressionnante série de minuscules crochets plats et métalliques, comme les soutiens-gorge de ma sœur aînée, et le mien, qu'il a fallu acheter, la liste du trousseau le préconisant, même si je n'en ai pas encore besoin. Pour compter les crochets, il faudrait s'approcher, se pencher. Je ne peux pas le faire. Le corset est trop rose, trop humain, trop à vif, il a l'air de crier dans son désordre. Je n'identifie ni dos ni devant, pas de bretelles réglables, aucune place douillette ménagée pour la poitrine de la créature qui porte le corset, je comprends que le corset tient sur le corps par la seule pression des crochets luisants. Le corset tient au corps, comme ça, la chair le remplit, et il la maintient, par la force, au bord de l'éclatement. Je pense aux boyaux bien tendus des saucisses et des boudins alignés sur la table de la cuisine tandis que les femmes de ma famille suent et s'affairent dans la viande les jours où le cochon est tué. Je suis confondue par le corset, je ne me couche pas, j'attends, assise sur le couvre-pieds neuf. Je l'attends. Elle arrive, elle est là, elle ne me regarde pas, elle voit que j'ai vu, je l'examine, elle, je sens qu'elle a peur, sa peau est blanche, son visage rond et large, un peu mou, elle a pleuré, ses lèvres sont pâles, fermées sur ses dents, et je remarque que les verres de ses lunettes sont sales, d'une crasse ancienne. Je suis astigmate et hypermétrope, je porte des lunettes depuis l'âge de sept ans, je les nettoie au moins trois fois par jour, rien ne m'échappe. Je ne lui parle pas, elle a compris que le corset était fatal, qu'elle n'aurait pas dû le laisser là, à découvert, que je n'aurais pas dû le voir, qu'il n'aurait pas fallu commencer comme ça. Trop tard. Je suis dans mon lit, je ne dors pas, je réfléchis, le pensionnat est ma nouvelle maison, je suis à ma place, tout va bien. Ne pas avoir peur. La lumière est éteinte depuis longtemps, et la nuit transparente du dortoir est traversée par les bruits des autres filles, j'apprends, je m'applique, je ne bouge pas, je n'émets pas de son, la guerre commence demain, le maître m'a prévenue, il me connaît depuis trois ans, il a dit que ce serait moins facile d'être toujours première. On verra. On va voir. Elles verront. Les externes, les demi-pensionnaires, les pensionnaires, toutes, elles verront. Ne pas avoir peur. Le corset a disparu, il a été rangé, elle l'a saisi, il n'a plus été là, elle ne l'a pas posé sur la chaise où ont été préparés les vêtements pour la première vraie journée, et nous n'avons pas d'autre meuble de chevet, donc elle dort avec le corset rose.

Le lendemain elle est dans ma classe, elle a un prénom, Berthe, et je suis la seule à savoir qu'elle porte le corset sur elle, sur sa peau, sous la blouse et le pull et le chemisier. Berthe n'est pas vêtue, elle est caparaçonnée, boudinée, les boutons de sa blouse bleue bâillent. Le bleu est de rigueur pour la blouse, c'est écrit dans la liste du trousseau, personne ne déroge. Au début je ne m'occupe pas d'elle, je prends la mesure des forces en présence, je me situe, j'assène quelques réponses, je fais comprendre qu'il faudra compter avec moi, sans plus, on n'entend pas Berthe en classe. Au dortoir je ne la vois pas, je ne la verrai jamais, s'habiller, se déshabiller, elle disparaît, elle apparaît, en tenue de jour, en tenue de nuit, à l'évidence un arrangement a été conclu avec la sœur Marie-Odile, Berthe ne saurait venir à bout, seule, des multiples crochets métalliques du corset rose et invisible. Qui existe, qui n'est pas un mirage, rien ne me fera douter, le corps de Berthe est soutenu par lui, en éducation physique elle est d'ailleurs dispensée de certains exercices, elle attend, sans regarder, sans suivre, elle attend à l'intérieur d'elle-même, enfoncée dans un pull bleu pétrole à col rond et manches longues, tricoté à la main, qu'elle est autorisée à porter en sus de la tenue réglementaire. C'est bien la preuve que. Les autres filles s'interrogent, elles tournent autour de Berthe, n'en tirent rien, je vois, je laisse faire, j'ai la réponse. Je me demande seulement si le corset rose est doux, si la peau de Berthe n'est pas rougie, irritée, voire écorchée, par le port constant du corset magique. Je voudrais savoir, je ne saurai pas. Trois semaines après la rentrée, je me résigne, je renonce à l'exclusivité, au secret de Berthe. Je lâche la meute des pensionnaires, au dortoir, ça ne regarde que nous, c'est une affaire de pensionnaires. Je dis ce que j'ai vu le premier soir, je décris avec précision, on me croit. Berthe est assaillie de questions, entourée, épiée, on voudrait la toucher, la piquer avec la pointe du compas pour savoir si ça traverse, on le ferait en classe, pendant le cours de dessin, on manigance, je suggère, je compte les points. Berthe se tait, sa bouche tremble, elle pourrait pleurer, mais ne pleure pas, rien ne sort d'elle. Berthe ne cède pas. Elle tiendra, elle subira plusieurs assauts, pendant l'année de sixième, à intervalles irréguliers, tantôt oubliée, infime, négligeable, tantôt en proie aux autres. Elle ne parlera pas, elle ne montrera rien, nous ne serons pas repues.

L'HYGIÈNE

Elles disent. Sœur Paule-Marie nous regarde. Elle nous regarde, là. Elle ouvre le rideau de la douche pour voir si on se lave bien, vraiment, elle examine, pour l'hygiène. Elles disent que l'hygiène est un prétexte, que je regarde pour regarder, les regarder, là. Comme si je ne savais pas, à mon âge, comment une femme est faite, une petite fille, une grande, toutes, les mêmes, des fendues à mamelles. Ça leur pousse. Ça leur vient à peine, quand elles nous arrivent en sixième, en pension du lundi matin au samedi midi. Elles ont de médiocres habitudes, il faut leur apprendre les soins du corps, les soins réguliers, les dents matin et soir, les oreilles, les ongles, le visage, le cou, la nuque, les pieds, les aisselles, l'entrejambe, il faut leur apprendre à se laver aux lavabos collectifs, la toilette du matin, la toilette du soir en culotte et soutien-gorge, sans trop se montrer, certaines aiment se montrer, pas forcément les plus gracieuses, on arrête ça tout de suite, on surveille, que chacune soit propre avant et reste propre après le jour de la douche, un jour par semaine, le mardi, le mercredi ou le jeudi, selon les dortoirs. C'est de l'organisation, cent cinquante pensionnaires réparties dans trois dortoirs, et vingt places en salle de douches, je planifie, c'est mon domaine, et je regarde, oui, je regarde, le devoir m'en incombe, la responsabilité. J'ouvre le rideau, et je ne préviens pas, elles sont rusées, elles simulent, avec de la mousse, des gestes, des simagrées, elles ne m'abusent pas, je les place dans les cabines, je sais qui tenir à l'œil, elles m'appellent P-M, pistolet-mitrailleur, à cause du bruit des anneaux sur la tringle quand j'ouvre le rideau, j'ai encore de la poigne, il en faut. On leur apprend tout, en sixième, en cinquième, et en seconde ou première, elles vous crachent dessus, surtout celles dont on a dû s'occuper davantage, parce qu'elles n'avaient jamais vu une salle de bains, ou ne savaient pas qu'elles auraient leurs règles, les plus frustes, les plus sauvages, à peine dégrossies, vous sautent à la gorge, et attaquent. Je les repère dès le début, dès les premiers soirs, je fais mon tour dans le dortoir des nouvelles, mine de rien, et je sais. Elles sentent le manque de soins, l'à-peu-près, le vite fait mal fait, l'état des cheveux ne trompe pas, plus c'est gras et long plus la fille est sale, les surprises, bonnes ou mauvaises, sont rares, même si elles ont de plus en plus souvent les cheveux courts. À quinze ou seize ans, en seconde ou en première, le poil leur est venu au ventre, sous les bras, la poitrine est à bloc, elles sont prêtes pour la gaudriole, équipées, elles ont tout, elles ne pensent qu'à ça, recevoir le mâle, elles en sont enragées, elles essaient des choses, entre elles. Elles n'en parlent pas, elles ne s'en vantent pas auprès des mères de leurs petites expériences quand elles se plaignent des manières de la sœur Paule-Marie. J'en ai vu des filles ensemble sous la douche, bien luisantes sous le jet d'eau chaude, serrées, collées, on ne me croirait pas si je disais ce que je vois, on m'accuserait, j'aurais trop d'imagination. La faute pour moi. Le plaisir pour elles. Elles sont dans l'âge sexuel, elles entrent dedans, elles cherchent, moi j'éduque, j'endigue, j'éradique, j'empêche, je fais ce qui n'est pas fait dans les familles. *Qui bene amat, bene castigat.* Père n'avait pas d'autre credo, et dans la langue de Cicéron, disait-il, ou de Plaute, qu'il relisait, l'été, sous la pergola. On n'enseigne plus le latin, ici, on le bredouille, on l'ânonne, on initie les moins ahuries, on les barbouille de rudiments. Fini le latin. Aux oubliettes, avec les vêpres, l'acte de contrition et autres vilenies. *Ite, missa est.* On pleure, dans les familles, quand la sage pensionnaire en tablier tombe enceinte, tombe de haut tombe dans le trou, les mères rasent les murs, elles ont honte, il fallait y penser avant, avant de laisser la petite merveille aller au bal le samedi avec les autres jeunes. Les jeunes, être jeune, c'est la jeunesse, il faut que jeunesse se passe. Deux, l'année dernière, une en première, une en terminale. Engrossées. C'est très mauvais pour la réputation du pensionnat, tout se sait, on en parle. On ne les reprend pas, même quand le nécessaire a été fait. Comme on le fait maintenant. Avec la bénédiction du corps médical. Le nécessaire. Au bal, elles ne reculent devant rien, elles racontent, j'entends les terminales, le mardi, je les sens aussi, elles s'en vantent, de ne pas se laver, jusqu'au mardi, pour garder l'odeur sur elle. C'est un signe, une marque d'élection, entre les stigmates et le trophée, comme la trace d'encre, à l'intérieur du poignet, pour montrer qu'elles ont payé l'entrée du bal. Les mères n'ont donc pas de nez. Il faut dire que ça se parfume, ça se maquille, surtout quand ça ne se lave pas. Moi je le reconnais entre tous le fumet de bal fermenté, faisandé, bien au chaud dans les plis sous les poils. Vieilli en fût de chêne, boucané au feu de sarment, depuis trois jours. À l'eau chaude, tout ça, à l'eau chaude et au jet, ne plaignons pas la marchandise, l'hygiène n'a pas de prix. J'inspecte. Devant, derrière, pile, face, allons mesdemoiselles, du nerf du nerf, au manège, en selle, tendu, plié, plié tendu. Elles m'en veulent, elles veulent ma tête, et, avec la nouvelle direction, elles croient qu'elles l'auront. Je surveille les douches depuis trente-deux ans, ce sont mes douches, dans mon bâtiment, ça me regarde. Il faut bien que quelqu'un le fasse, ça amuserait qui de traverser la cour, le soir, avec une cohorte de filles en chemise de nuit, robe de chambre, chaussons, l'hiver, dans le froid, dans le noir. Il en va de nos congrégations comme du reste, le progrès toujours progresse et ne connaît pas de limites. Crise des vocations, c'est la formule. Les nouvelles recrues sont rares, on les flatte, on veut les garder. Les religieuses de trente ans qui ont quitté l'habit et goûtent l'air du temps prêchent l'autonomie. Elles croient que les grandes peuvent aller à la douche, et en revenir, seules, c'est l'autodiscipline, une sorte de miracle, l'autodiscipline, Lazare ressuscité ad libitum, un véhicule amphibie, insubmersible, qui vous met à l'abri de tout, à peu de frais, sans effort, dans une belle débauche de bons sentiments. Nos nouvelles recrues suent les bons sentiments, c'est une sécrétion naturelle, elles en produisent à foison, à jet continu. Pour moi aussi elles en ont, rien ne les décourage, je ne les décourage pas, moi le fossile vivant, encore vivant, le féroce brontosaure. Elles minaudent, sœur Paule-Marie, quand elles n'inversent pas les prénoms, Marie-Paule, c'est plus ordinaire, les nouvelles se trompent, sœur Paule-Marie, votre place n'est pas dans la cour, à votre âge, vous prendrez mal. Prendre mal. Elles ne s'entendent pas, elles écorchent la langue, ça me blesse. Plus que tout le reste. Je peux lutter contre le reste, Dieu m'assiste et me donne la force, mais pour la langue, que faire, la cause est entendue. Et perdue. Ça commence par le tutoiement. Les professeurs tutoient les élèves, se tutoient entre elles, c'est de rigueur, seul le grand âge me vaut d'échapper à cette infamie, je n'ai jamais tutoyé que mes frères et sœurs, n'ai été tutoyée que par eux, il eût été impensable de tutoyer bonnes et gouvernantes, et d'être tutoyée par elles. Je ne parle pas de père et mère. Tous ceux que j'ai tutoyés dans ma vie sont morts, ils reposent dans la Paix, de l'Autre Côté, ils ont rejoint le Royaume. Quand on tutoie Dieu, la messe est dite. L'hygiène de la chair n'est rien quand le Verbe est souillé, sali, piétiné. J'ai failli sur le front des mots, j'ai été enfoncée, balayée, anéantie, dévastée. Je me suis repliée du côté des corps, c'est ma croisade, ma croix. Je ne meurs pas, la Miséricorde divine me soutient, arme mon bras. Je continue ma lignée, ecclésiastiques ou soldats, leur sang parle ici, par moi, l'ultime, dévorée d'orgueil au milieu des humbles, oubliée, hors d'âge. Leur sang crie quand ma main écarte le rideau, quand mes yeux fouillent, leur sang qui fut répandu pour la France et pour Dieu sur tous les champs d'honneur des siècles passés. Qui pourrait m'entendre aujourd'hui, laquelle de ces femmes, modernes, à la page et à la mode, qui dirigent cette maison ? Elles n'oseront rien contre moi, elles recevront les parents, puisque les pères s'en mêlent aussi, maintenant, les pères montent au créneau des jérémiades adolescentes, surtout les pères divorcés, elles les recevront, je serai là, drapée dans l'habit et dans l'âge extrême. Une escarmouche de plus. J'aurai quelques rares paroles, des regards complices seront échangés autour de moi, je me retirerai, ils lénifieront. Jusqu'à la prochaine comparution. Mon tribunal n'est pas de ce monde. J'attends, sans hâte, je suis confiante dans la main du Tout-Puissant, ramassée dans Sa main, amenuisée. Que Sa Volonté s'accomplisse. Amen.

AVA

Debout en maillot de bain dans le soleil à côté du colon. La monitrice. Sa chair blanche éclatait. Blanche. Elle était apparue comme ça. En maillot de bain deux pièces orange et minimal. Le colon était descendu du tracteur pour lui parler, il n'avait pas éteint le moteur, on ne s'entendrait pas, les explications n'en seraient que plus longues, histoire de faire durer le plaisir, on n'avait pas souvent l'occasion. Une jeunesse pareille, et presque nue, et tout à fait tranquille. Le genre fille en vacances, venue d'ailleurs, à l'aise, à sa place. Toujours et partout. Comme dans le cantique, je bénirai le Seigneur toujours et partout. Le genre de cantiques que les monitrices bêlaient le dimanche à la messe avec leur troupe d'enfants bien coiffés, la raie sur le côté, socquettes blanches et dents de lait. Catholiques, pratiquantes, dévouées, empressées, auprès des filles et des garçons issus de familles modestes de Gisors accueillis dans notre ancienne école libre reconvertie en centre de vacances pour le bonheur des grands et des petits, entre cinq et huit ans, qui feraient là provision d'air pur et de beaux souvenirs. Il connaissait le sermon par cœur, chaque année, le même, dans le bulletin paroissial, *La voix du Limon*, pour annoncer le séjour, parmi nous, des écoliers bénis de l'Institution Saint-Euverte et de leurs monitrices. Pas de moniteurs. L'encadrement n'était pas mixte. Sœur Rose de la Croix, inamovible directrice, célébrée dans toute la commune sous l'éloquent surnom de Quintal, chapeautait les jeunes filles. Quintal patrouillait dans les chemins creux, arpentait d'un pas martial les routes pentues, couvrait de son organe puissant les mugissements dominicaux du chœur autochtone, hors d'âge et visiblement menacé de naturelle extinction. Quintal surveillait ses troupes, rien ne lui échappait, on la redoutait. Les autorités ecclésiastiques indigènes, en l'espèce le bon abbé Turbot et sa frêle poignée de dames catéchistes, tremblaient à son arrivée, et ne retrouvaient la paix des siestes et la pleine possession de leurs moyens que plusieurs jours après son départ. Les noms et prénoms des trois monitrices étaient livrés en pâture aux lecteurs du bulletin de juin. Des escadrons de Catherine, Isabelle, Anne, Cécile, avaient régné sur nos guérets. Point d'incartade onomastique, du balisé, du solide, des Graville, des Lambert, des Duroy, du traditionnel. L'apparition en bikini infinitésimal émanait donc forcément de cette troupe familière.

Le pré était vaste, plat, d'accès aisé, le bord de la rivière y confinait à la plage de galets, en période de basses eaux le site devenait idéal pour la baignade et les jeux, on entendait un peu les enfants quand le bruit des moteurs n'emplissait pas tout l'air, on les voyait suivre le sentier de pêcheurs qui festonnait joliment la Santoire feuillue, réputée pour ses truites. Ces enfants ne gâchaient pas l'herbe fraîche et se tenaient à bonne distance des vaches, ils étaient instruits des usages, tout au plus retrouvait-on parfois, après leur départ, un ballon mou, aux couleurs passées, oublié entre les colchiques et les premières noisettes. Il apercevait la troupe de loin, on ne se saluait pas. Ils étaient en vacances. Pas lui. Il travaillait. Avec son père, dit le colon. Les terres l'exigeaient, elles venaient de famille, du père et du grand-père du colon, on était paysan, fils de paysan, on ne batifolait pas, on ne baguenaudait pas du côté des loisirs, eût-on seize ans révolus, des dons avérés pour le latin, et, en poche, des notes pharamineuses à l'épreuve de français du baccalauréat. On ne partait pas. Les étés, verts et bleus, se tendaient dans le vrombissement des moteurs et les impérieuses fragrances des huiles de vidange. Et c'était tout ; et il n'avait jamais vu ça. Un corps si blanc. Jeté dans le soleil. Et si nu. Où était Quintal ? Que faisait la maréchaussée ? Il bandait dur sur le méchant siège du Zétor ancestral, premier tracteur de la dynastie, increvable antiquité, héritée du grand-père, vénérable et vénérée. Le colon, à n'en point douter, triquait aussi sec sur son trône capitonné dans la cabine de l'autre Zétor, le second, le neuf, le rutilant. On était averti, on n'était pas impunément pensionnaire depuis six ans dans une institution religieuse, on connaissait la musique des dortoirs, et le colon, qui n'avait pas cinquante ans, aimait la viande, de ça aussi on était averti. On avait lu deux fois *L'Éducation sentimentale*, et, quoique fort peu sorti du département, on avait quelques lumières. Ce corps blanc.

Le soir il avait cherché le bulletin paroissial dans la pile de journaux sur la table du couloir. Il avait trouvé le numéro de juin, il avait lu, une Delphine, une Mathilde, une Ava. Ava. Forcément. Quintal aurait dû se méfier. On ne s'engage pas. On réfléchit, on suppose, on suppute, on soupèse. Insondable légèreté de Quintal. Ava. Un programme, un manifeste, la révolution aux champs, l'émeute assurée. Ava. Blanche et dense. Nue dans le pré à l'heure du grand incendie, au creux du jour, début d'après-midi, folie du feu, le soleil en plein sur tout, sur elle, prise, pas un défaut, pas un tremblement, était-elle seulement chaussée l'apparition ? Rien n'avait eu lieu. Ava. Mademoiselle. Il était dans le lit, couché sur le dos, à plat, sur lui le drap jaune, propre, frais ; sur lui, sur son corps propre, frais ; crucifié, corps crucifié, hampe plantée, mât dressé jusqu'au ciel noir. La nuit était noyée d'étoiles, il la connaissait par cœur. Lui écrire, oui, lui écrire. Il avait les mots. Il serait puissant par le verbe. Lui écrire, le faire, se lever d'abord, souple et silencieux. Peu de mots, dire que l'on est ébloui parce qu'elle est apparue et que l'on attendra au bord de la rivière, à l'endroit des enfants, chaque nuit, à partir de une heure, et jusqu'au départ. Dans quatre jours le départ, le 20 août, c'est dans le bulletin paroissial. Il a seize ans, il est le roi, elle trouvera le message, elle viendra. Il s'endort, il dort, l'aube monte.

Il fauche l'herbe crue, la dernière coupe, le long de la rivière, l'herbe s'abat sous la machine, c'est sans appel, ça ne frémit pas, il hume le jour neuf, mercredi 17 août, pleine peau, il est seul dans le pré gras de rosée. Trois nuits pour attendre, mercredi, jeudi, vendredi. Il compte. Il va. Il fait. Il a déposé la lettre dans une enveloppe blanche, épaisse et longue. Le territoire est à lui, il connaît chaque pierre, chaque arbre, la lettre sera trouvée par l'un des enfants qui la portera à la monitrice, rien ne surviendra, il n'y aura pas d'obstacle, il ne doute pas, il est tranquille dans cette magie. Il a écouté les autres au pensionnat, il sait leurs dimanches, et les langues en bouche, et la glu des draps. Il est ailleurs. L'après-midi vient, les enfants sont là, en grappe muette dans la lumière qui tremble au bout du pré. Il ne peut pas les entendre, une silhouette les précède que le soleil avale. C'est tout. Les ombres du soir s'allongent, il travaille avec le colon, il charrie les bottes durement liées de ficelle bleue, il faut engranger, le travail, commencé, doit être fini, chaque jour. Le corps est sûr, il répond. Le pré sera nu, et net. On pourra l'embrasser du regard, il le fait, avant de démarrer le tracteur dans le silence doré, il embrasse le royaume, il remonte vers la grange, la remorque hautement chargée cahote derrière lui. Il a vérifié, la lettre a disparu. En refermant la porte de la grange le colon dit que Quintal est passée par là, que la fille a dû aller se rhabiller.

C'est le troisième soir, vendredi 19 août, le dernier soir. Mercredi, jeudi, les enfants sont venus. Pas aujourd'hui. Il a attendu, deux nuits, deux fois. Il a aimé se couler hors de la maison, il sait le faire, sur quelle marche poser le pied dans l'escalier, les chiens eux-mêmes ne l'ont pas senti. Il a trouvé la nuit glissée sur tout, son lait, son voile ; il a marché jusqu'à la rivière, il s'est assis sur une longue pierre plate qu'il connaît, il a noué ses bras autour de ses genoux, il a écouté le bruit de son sang sous la peau, le flux des eaux maigres de l'été, le remuement sombre des bêtes, leurs cris. Les feuillages en voûte ont brui, il n'a pas eu froid. Il a pensé à des choses certaines, des choses à venir, qu'il partirait, qu'il ne serait pas de cette terre comme l'avaient été avant lui son père et le père de son père, qu'il étudierait, qu'il échapperait, qu'il ne vieillirait pas dans la maison de pierre et de bois, entre les saisons, les vaches, leur odeur et les chemins qu'elles tracent de l'étable au pré, du pré à l'étable. Il serait du monde, des villes. Il a pensé au pensionnat, un an de pensionnat, encore, avec les garçons qui le craignaient un peu et faisaient parfois silence quand il arrivait dans leur cercle, avec l'abbé Bresson qui lui prêterait d'autres livres et donnerait le cours de philosophie en classe de terminale. Il avait écrit à l'abbé Bresson, trois mots, les notes de français, et l'abbé avait répondu. La lettre était arrivée le 16 juillet, enveloppe crème, haute écriture large, une souplesse de chair chaude. Le colon l'avait posée sur la table de la cuisine, contre la bouteille de vin, en disant que les curés avaient des goûts de luxe. L'abbé Bresson écrivait, mes compliments, tous, j'avais confiance, à vous le bel été. Il a calé son dos, genoux pliés, les pieds mouillés de rosée à plat sur la pierre longue et fraîche, il a croisé sur sa poitrine ses bras maigres, durs, il a senti le chaud de son corps vivant, il a pensé au bel été, et qu'elle ne viendrait pas, et qu'il garderait sous la peau son image blanche. Il s'est endormi.

LES MAZAGRANS

Les femmes boivent le café. Il est chaud dans les mazagrans. Les femmes sont assises sur les bancs, dans la cuisine. Leurs corps ne pourraient pas être ailleurs, dans une salle à manger, ou un salon, sur une bergère sur un sofa, pas dehors sous la glycine pas dans un jardin l'été ni sur une terrasse, ces femmes n'ont pas des corps pour ça, pour l'été les jardins les terrasses. Elles ont des corps pour l'ombre, l'hiver et les cuisines, elles ont de vastes corps domestiques que plusieurs enfants ont traversés. Elles ne sont pas jeunes, mais pas encore tout à fait vieilles. Elles sont trois autour des mazagrans. Trois, les sœurs. Elles tournent dans le café des cuillères longues et fines, même celle qui ne prend pas de sucre, l'aînée, le fait ; le geste est doux, il meuble les silences de cliquetis infimes. Le silence entre ces femmes sent le café fort, presque dur, très sombre. La cafetière électrique douze tasses est à portée de main, posée sur le plateau verni de la machine à coudre, il suffira de tendre le bras pour se resservir, tout à l'heure, un petit gorgeon dans le fond du mazagran tiède, un gorgeon pour le goût, pour garder le goût en bouche. Les mazagrans sont modernes, à la mode, on a ce qu'il faut dans la maison, les tasses fines servent pour les grands repas de famille, les baptêmes et les communions par exemple, ou quand on se rassemble après un enterrement. Les mazagrans conviennent pour les femmes quand elles sont entre elles, en comité restreint, quatre ou cinq au plus, d'ailleurs on n'a que six mazagrans. On ne les sort pas pour le vétérinaire, ni pour le marchand de bestiaux ou le couvreur. On n'a jamais vu un homme de la maison boire le café dans un mazagran, ils ne connaissent que les tasses, en cas de cérémonie, ou le verre à la fin du repas, ou le bol du matin, mais le matin ils préfèrent la soupe. S'ils prennent un café vers neuf ou dix heures, quand le travail est déjà bien avancé, c'est dans le bol ou dans un verre, et ils trempent, du pain beurré, de la brioche, du cake aux raisins, ils ne demandent pas, ils prennent, ce qui reste, ce qui est posé sur la table dans une assiette, ils font du bruit et se penchent, ils salissent la toile cirée, on nettoie derrière eux. On n'essaiera pas de les convaincre pour les mazagrans, ils n'aiment pas le changement, ça ne les intéresserait pas.

Tenir les mazagrans entre leurs mains réconforte ces femmes. Le mazagran a la bonne taille pour se caler dans le creux des paumes, la première gorgée bue, il reste chaud, mais pas brûlant. On parle, on regarde le gris de novembre qui monte, dehors, dans la cour et dans le pré. On pense à l'hiver quand les maisons sont encore plus seules, perdues dans le noir dès le milieu de l'après-midi, on pense à la neige, au froid long qui prend aux jambes et enserre le corps, en dépit de la veste épaisse et des grosses chaussettes dans les bottillons, quand on va fermer les volets, les ouvrir, ou donner aux six poules que l'on a gardées, les autres sont dans le congélateur, on a des provisions de viande, de légumes, on a des conserves, des bocaux, des confitures de diverses sortes, on vient de finir la pâte de coing, on l'a goûtée, elle est réussie. Depuis l'année de la grande tempête, et tout ce temps sans électricité ni téléphone ni télévision ni rien, sans nouvelles, sans savoir, on prévoit même des allumettes, des bougies, et des piles pour les lampes électriques. Les hommes sont sortis. Le jour de la Toussaint il faut aussi traire les vaches, aller à l'étable, s'occuper des veaux, du lait. Les femmes ont débarrassé les restes du repas, lavé et rangé la vaisselle, essuyé la table, balayé le carrelage, avant de s'asseoir à nouveau, dans la cuisine propre, pour un autre café. Elles en ont refait, et du bon, on n'économise pas sur le café, on n'a pas réchauffé celui qui restait, on l'a jeté dans l'évier, la nappe sombre s'est dissipée, avalée par la bonde, la cafetière repue a soupiré, plusieurs fois, les femmes ont pris place dans la volupté toujours recommencée de l'odeur neuve. Elles ne parlent pas des morts, qui sont de vieux décédés dont le décès s'est un peu usé, élimé, avec le temps, même si on ne guérit pas de ses morts, elles savent ces choses, mais il n'y a pas de morts récents dans cette famille, pas de décès saillant, en désordre, d'une criante inhumanité, pas d'accident de voiture à la sortie du bal pas de longue et cruelle maladie pas d'infarctus ni de rupture d'anévrisme survenu sur une mère de famille de quarante-deux ans ; alors ces femmes ont d'autres soucis, des soucis de vivants. Elles sont allées au cimetière, elles sont en règle. Elles ont parlé des enfants, ils grandissent, ils ne sont plus gentils, ils réclament toujours ce que les autres ont, autour d'eux, dans les écoles où ils vont, où ils voient de tout, et ils ne regardent que ceux qui ont plus, pas ceux qui ont moins, ils n'en parlent pas de ceux-là, il doit bien y en avoir pourtant, on n'est pas les derniers, les enfants ont ce qu'il faut, toujours, on fait le nécessaire, mais ils ne se rendent pas compte, ils ne sont pas contents, ils ne se contentent pas, c'est la maladie des enfants d'aujourd'hui, et ils le disent, et ils rebattent les oreilles des mères, les pères ne s'occupent pas de ça, c'est l'affaire des femmes. Les filles surtout sont désagréables, tout leur est dû il faudrait tout commander sur le catalogue acheter sans fin des tenues nouvelles pour les mettre deux ou trois fois parce que ci parce que ça et elles font les princesses et ça voudrait rester au lit le matin et des heures dans la baignoire et elles sont trop grosses c'est de famille c'est la nourriture et elles veulent s'épiler et ça se maquillerait ça fumerait si on laissait faire ça répond ça vous parle mal elles sont tranquilles pourtant on s'occupe de tout pour elles dans la maison le linge le ménage tout elles aident à peine c'est rare elles ont du travail elles doivent étudier mais ça claque les portes on comprend rien on y connaît rien on a jamais rien vu elles écoutent des musiques en anglais elles lisent des revues de chanteurs elles collent des posters de groupes sur le papier peint neuf qu'elles ont choisi dans les études comment les suivre elles auront le bac. Elles auront des métiers.

Les femmes se taisent, elles n'ont pas été comme ça, elles ont été jeunes mais pas comme ça leur mère ne l'aurait pas supporté c'était une autre époque on ne restait pas dans ces écoles on était à la ferme on attendait le prince charmant. Elles se réfugient dans le cercle du café fort, de son parfum serré qui tient en respect les menaces des gens, des choses, des corps. Leurs corps. Qui sont fatigués, qui commencent à l'être. Il n'y aura pas de recours. Elles trempent dans le fond du mazagran des gâteaux plats, longs et effilés, des langues de chat, qu'il faut veiller à ne pas laisser ramollir dans le liquide encore chaud où ils s'abîmeraient en miettes lamentables, privant ainsi les sœurs de ce rare plaisir de tremper, qu'elles ne s'autorisent que dans la plus stricte intimité de famille, loin du regard des pièces rapportées, belle-sœur ou, pis encore, belle-mère. Leur mère, et leur grand-mère, et la tante Tine, trempaient déjà, dans les tasses à liseré qui sont démodées maintenant et ne sortent plus de l'armoire. Elles n'achetaient pas de gâteaux, elles trempaient de minuscules tuiles presque transparentes qui étaient le triomphe de la tante Tine. Elles savent la recette, mais c'est trop délicat, elles ont essayé, elles sont bonnes cuisinières, mais, c'est peut-être la chaleur des fours modernes, on ne sait pas, on n'y arrive pas. Elles se souviennent que, friandes de tuiles, elles prélevaient la dîme à la volée, évitant avec soin, dans un tourbillon de jeunesse, de surprendre sur le visage des trois femmes l'éclat indécent d'un plaisir non encore éprouvé qui les dégoûtait un peu. Elles boivent le reste de café tiède, mêlé, malgré leur vigilance, de quelques menus débris de gâteau sucré noyés dans le fond du mazagran. C'est déjà la nuit. Les hommes remontent de l'étable, ils portent le lait de la traite, elles attendent, ils passent par la cave, on les entend. Ils sont en bottes de caoutchouc, ils entrent, avec les chiens, dans une odeur de bête et de vent mouillé qui rompt tout.

LA ROBE

La robe a été pliée et rangée dans le carton. Elle est là depuis longtemps. Ils le supposent. Ils ont du mal avec les dates, des difficultés ; et ils ne demandent pas. Ils pourraient calculer, mais ça les ennuie, ils ont vu une photo du mariage des parents dans l'album, ils pourraient savoir la date, les parents ont l'air jeunes et sérieux, la mère plus grande que le père alors qu'elle ne l'est pas dans la vraie vie. Le mariage n'est pas comme la vraie vie ; et le jeu avec la robe non plus. Ils n'ont pas reconnu la robe du carton sur la photo, mais cette robe est forcément celle de la mère, de qui d'autre sinon, qui d'autre aurait rangé cette robe dans ce carton, des personnes qui auraient habité la maison avant eux, mais les gens vident les maisons quand ils s'en vont, et ils n'oublient pas les cartons avec les robes de mariée propres, pliées et rangées à l'intérieur. Ils ont trouvé le grand carton gris dans la chambre des parents. Ils comprennent que les parents se sont mariés avant la naissance de Patricia, depuis au moins dix-huit ans, la robe aurait dix-huit ans. Il faut que ce soit la robe de la mère, pour le jeu, autrement ce serait grave, ils ne joueraient plus. Ils jouent quand la mère n'est pas là, elle va chez le coiffeur, ou chez le médecin, ou en courses, ou chez sa sœur. C'est rare qu'ils soient à la maison, eux, seuls, quand la mère n'y est pas.

La mère est une bonne mère, le père le dit toujours, elle s'occupe de l'entretien, des vêtements, de la nourriture, des chambres, elle n'oublie pas, tout est fait, les enfants sont bien tenus, ils ne manquent de rien jamais, elle ne le supporterait pas. Les mères existent pour ça pour que les enfants ne manquent de rien jamais sinon elles sont de mauvaises mères elles ne méritent pas d'être appelées mères les vraies bonnes mères sont vouées aux enfants aux corps des enfants à la partie visible des enfants d'abord la peau les membres les cheveux les dents les joues les ongles les nombrils les pieds les mères se donnent aux corps d'enfants qui, sortis d'elles, doivent proliférer toujours croître et profiter le plus possible à fond à fond à fond. Les bonnes mères se sacrifient doivent se sacrifier s'oublier, par instinct, l'instinct parle par le ventre, dans le ventre, dès le ventre des mères. La mère est une bonne mère, elle se sacrifie, elle vit pour ses enfants, donc elle ne vivrait pas sans eux, ils sont sa raison de vivre, sans eux sa vie n'aurait pas de sens, ils sont tout pour elle, elle était faite pour être mère, elle l'a toujours voulu, ça, et rien d'autre, ils sont sa vie, les trois enfants. Elle a eu du mal, entre Patricia et Isabelle, des fausses couches, plusieurs, en sept ans, ils le savent, et aussi que Paul est un retour de couches, né onze mois jour pour jour après Isabelle. Ensuite ligature des trompes, pour une femme de trente-quatre ans, fatiguée, c'était le plus raisonnable, elle n'aurait pas les cinq ou six enfants dont elle avait rêvé, elle en avait trois, déjà, en bonne santé, c'était beau.

La mère va chez le coiffeur qui est une coiffeuse. Elle revient tout empesée; pleine de nouvelles lues dans les magazines au sujet des gens célèbres. Et aussi, et surtout, boursouflée de paroles sur des personnes du pays qu'elle connaît, que tout le monde connaît. Dans chaque famille il y a quelque chose, une femme qui buvait, qui a bu, un oncle qui a fait des séjours en maison, pas d'aplomb, des histoires, des enfants, pas du même père, et cet homme suicidé à quarante-deux ans, dans la force de l'âge, il avait des dettes, les derniers temps, des ardoises partout. Le corps de la mère quand elle revient de chez le coiffeur est gonflé de tous les secrets qui grossissent et vieillissent et deviennent rances moisis dans les familles. Pourtant la mère n'est pas une pipelette effrénée. La mère est une femme qui se tient, elle se garde des ragots, elle ne mange pas de ce pain-là. Elle sait rester discrète. Au téléphone seulement, les après-midi, avec sa sœur aînée qui a huit ans de plus qu'elle et vit à l'autre bout du département, elle se permet des propos, à demi-mot, à mots couverts, elle s'autorise, avec sa sœur, quand elle croit qu'ils n'entendent pas, ça ne regarde pas les enfants. Mais ils écoutent, ils se collent contre la cloison, de l'autre côté, dans leur chambre en bois, ils s'arrêtent, ils ne respirent plus, ils gobent, ils comprennent tout, la voix de la mère n'est pas la même quand elle parle avec sa sœur de ce qu'ils n'ont pas à connaître parce qu'à dix et onze ans on ne doit pas être mêlé à, ni même être au courant de, certaines affaires, qui ne regardent que les adultes. La voix de la mère alors descend dans son ventre tout près des orifices, ils sont avertis par cette descente de la voix de la mère. Ils entendaient distraitement, la voix décroche, ils surgissent, ils se collent.

Elles parlent des maladies de femmes. Les organes des femmes sont fragiles, devenus fragiles, ils saignent, ils s'infectent, ils font mal, ils suintent, ils suppurent, ils coulent, ils ont des pertes, on montre au docteur, ou on ne lui montre pas, on ne veut pas, c'est comme ça, on attend, une tante avait eu ces douleurs, c'était passé. Elles se souviennent, arrimée chacune, les deux sœurs, au téléphone, leur mère n'a pas connu ces maux, elle est morte avant le retour d'âge, elles disent la pauvre maman, ou la maman, en parlant de leur mère morte quand elles avaient vingt-quatre ans l'une seize ans l'autre, elles sont pour toujours orphelines de leur mère encore jeune pour toujours. Ils se tiennent de l'autre côté de la cloison, Paul, Isabelle, collés, immobiles, ils ne respirent plus, ils sentent la peine, le chagrin des orphelines laissées sans mère, jetées dans le monde avec leurs maladies de femmes, restées seules, dégarnies. Les hommes de la famille n'ont pas de maladies, sauf des accidents de voiture parce qu'ils conduisent trop vite, ce ne sont pas vraiment des maladies et ils n'en meurent pas. Les voitures, neuves, sont massacrées, et les hommes en sortent glorieux, intouchables. Les pères, les oncles sont comme ça, on n'a pas de cousins en âge de conduire, deux cousines ont le permis et ont acheté des voitures d'occasion avec leurs premiers salaires mais les voitures de femmes ne comptent pas tout à fait.

Les hommes ont des besoins, tous les hommes, pas seulement ceux de la famille. La voix de la mère descend, ils n'entendent plus, ou à peine, ils ont beau faire, et se coller de toute leur peau contre la cloison de planches larges. Ils sentent que les besoins des hommes sont du côté du ventre, ils sont instruits à leur muette façon, ils ont vu les bêtes, ils comprennent que les femmes veulent et ne veulent pas, qu'elles ont peur, qu'elles doivent, sinon leurs hommes iront avec d'autres femmes. Les tromperont. Elles seront cocues. Elles auront des cornes. Ils attrapent des mots. Parfois la mère rit avec un rire de gorge ouverte et mouillée qui ne ressemble pas du tout à son rire normal. Les hommes vont avec des femmes, c'est sûr et nécessaire obligatoire couru fatal. Ils peuvent aller avec toutes les femmes, même celles qui ne sont pas les leurs. Paul et Isabelle ne comprennent pas bien si les femmes vont aussi avec d'autres hommes qui ne seraient pas les leurs. Les femmes seraient aux hommes comme une voiture, ou une maison, ou carrément une propriété, mais les hommes échappent, se donnent du mouvement, se déplacent, disparaissent, reviennent. Une fois la mère a pleuré en parlant avec sa sœur au téléphone, ils ont entendu du silence, et des sanglots rêches. Ils se sont éloignés, ils n'ont pas osé savoir, pas voulu.

Le jeu de la robe de mariée se passe dans la chambre des parents, ils ne peuvent y jouer que dans cette pièce, quand ils sont seuls à la maison pour au moins une heure. On entre dans la robe par le bas, le corsage gansé de dentelle semble fragile, et la fermeture éclair dissimulée de l'aisselle à la hanche gauche par un repli de tissu nacré est à l'évidence d'un maniement délicat. La robe s'évase très largement, Isabelle est à l'aise, Paul plus encore quand vient son tour, mais c'est Isabelle qui commence. Entrer dans la robe est un peu comme entrer dans l'eau tiède et bleue de la piscine couverte. Paul dit qu'il nage dans la robe. Il fait les gestes et se regarde dans la glace de l'armoire à trois corps. Isabelle rit et lui demande de ne pas bouger, elle est à ses pieds, accroupie ; elle fixe à la taille de Paul avec deux épingles à nourrice le gros édredon souple tendu de tissu rouge luisant qu'ils sont allés chercher sur le lit dans la chambre de Patricia. Ils ont ôté avec soin la taie de l'édredon, blanche brodée repassée, ils savent comment faire glisser, dans un sens et dans l'autre, l'édredon lisse sans froisser la taie, leurs gestes sont prompts et sûrs, avant le jeu, et après le jeu, quand ils rangent, malgré la petite peur qui, alors, les prend.

L'édredon est léger, volumineux et ferme, la robe ample s'arrondit autour de lui en majesté, l'effet est noble, l'enfant ainsi revêtu s'avance, redoublé dans le miroir, ose des pas de danse à pieds menus, ouvre le bal, esquisse une révérence, tandis que son page se tient en lisière, fervent et muet. Isabelle ferme les yeux et pense au mariage de Grâce et de Rainier de Monaco. Paul dit que Rainier est un gros vieux, qu'il ne va pas comme prince, il faut mettre quelqu'un d'autre à la place, il propose Brian Jones, par exemple, coiffé comme sur la pochette du disque de Patricia. Isabelle n'est pas d'accord, elle préférerait Mick Jagger, Paul trouve qu'il ne va pas non plus comme prince, pas pour les mêmes raisons que le gros Rainier, mais il ne va pas. Ils se disputent. La dispute est dans le jeu, juste avant la fin. Paul retire la robe, par le haut, Isabelle l'aide, elle monte sur le tabouret en peluche marron, l'odeur du tissu ancien et lourd de la robe remuée remplit la pièce. Ils rangent, sans parler, la robe, pli sur pli, le carton derrière l'armoire, dans la chambre des parents, l'édredon dans la taie sur le grand lit de Patricia qui étudie à Moulins pour devenir assistante sociale et ne rentre que deux fois par mois. Ils ne laissent aucune trace, personne ne doit savoir. Le jeu reste secret, il est rare et interdit, il s'accompagne d'une légère et constante tension du bas-ventre qui confine à la douleur. À la fin, quand on sent que l'on va cesser, on n'en peut plus. Aussitôt après on va faire pipi mais presque rien ne coule, on n'avait pas vraiment envie.

LA TIRELIRE

La tirelire est en plâtre, elle s'écaille par plaques, la matière crue et blanche apparaît sous la pellicule brune qui figure le pelage de la bête ; car la tirelire a la forme d'une bête. Elle n'a jamais été neuve, ou ils l'ont oublié, et on ne sait plus qui l'a offerte, peut-être la tante de Paris elle n'avait pas d'enfants et ses cadeaux étaient toujours singuliers. La tirelire représente une bête indécise, les paupières mi-closes sur une lunule bombée veinée de roux ; sa gueule s'ouvre, fendue, vivante, on a beau mettre son doigt entre les deux rangées de dents nombreuses, serrées et aiguës, ça ne cède pas, on voudrait que ce soit chaud et mouillé comme dans la gueule du caniche abricot des voisins, mais rien n'y fait, on a seulement la peur au ventre quand on appuie avec le bout de son index. Les oreilles de la bête sont triangulaires, dressées, pointues, on les effleure à peine, l'intérieur, concave et brun, est très doux. On caresse la tirelire entre les deux oreilles, là où la fourrure sombre semble moelleuse, et aussi le long de l'échine, jusqu'à la fente étroite, et longue de quatre centimètres et demi, large de huit millimètres.

Ils l'ont mesurée, ils ont voulu, par la fente, regarder l'intérieur du corps de la bête, mais ils n'ont rien vu, c'est noir, on entend seulement le bruit quand on secoue la tirelire. La bête est posée sur son derrière, c'est un chien, ou un loup, ce pourrait être un chien-loup, une bête ni mâle ni femelle, dont le ventre clair s'offre, vertical et lisse, entre les pattes antérieures tendues et les pattes postérieures pliées. Chaque ongle de la bête est suggéré par une infime strie du plâtre, on distingue également, rangé le long de l'arrière-train, une sorte de plumeau allongé qui pourrait figurer la queue de l'animal, mais la chose demeure incertaine, sujette à discussion, entre eux, le soir, avant la prière dans la chambre de derrière où ils dorment les trois pendant les mois d'hiver parce qu'elle est plus facile à chauffer que les autres pièces de la maison.

Ils dorment les trois dans deux lits, un grand et un petit. L'aînée, par droit natif, a sa place dans le grand lit, contre le mur, elle est inamovible et accueille tour à tour l'un des deux cadets, celui qui reste se trouvant confiné pour la nuit, exilé, relégué, dans le petit lit jaune à barreaux. Ils pourraient se coaliser pour détrôner la sœur puissante, exiger, fomenter, ourdir, ils n'en font rien, ils n'y songent même pas, ils chérissent leur état de vassaux, ils se vautrent dans la vassalité, émerveillés et fervents, thuriféraires de la sœur première-née. Ils se contentent de détester le lit jaune à barreaux, il vient de la grand-mère maternelle qui l'a repeint en coquille d'œuf avant de le donner à sa plus jeune fille pour ses derniers petits-fils. On leur dit avec componction qu'ils sont la quatrième génération de la famille à dormir dans ce lit. Ils redoutent cette grand-mère Gisèle, elle parle trop fort et fait des manières pour tout et laisse des traces de rouge à lèvres quand elle embrasse, ils se méfient du lit, il a l'air faux et ses barreaux sont comme les dents jaunes d'une créature malfaisante dont la mâchoire aux babines brillantes se refermera sur eux, une nuit, pour toujours. La sœur aînée, cependant, est magnanime et certains très grands soirs elle consent à accepter dans son lit vaste et mou les frères éperdus à condition qu'ils respectent sans broncher la charte dite de cohabitation. La charte, quoique mouvante, repose sur deux articles, l'article premier, dit de la tirelire, et l'article dernier, dit du traversin. La sœur, qui lit et écrit couramment depuis plus de trois ans, a consigné ces articles en langage codé dans le cahier des jeux.

L'article dernier stipule que les garçons ne doivent en aucun cas, sous peine de sanctions graves et durables, franchir la frontière du traversin disposé dans le sens de la longueur au milieu du lit; au milieu ou ailleurs. En cas d'ailleurs, ils se tassent, ils se font oublier encastrés l'un dans l'autre, ils dorment emmêlés, ils s'arrangent entre eux. Il est tacite que la clause de l'ailleurs ne saurait leur être favorable, en ce sens que jamais le traversin ne sera disposé de manière à leur accorder la mutuelle jouissance de plus de la moitié du lit. Parfois ils doivent dormir tête-bêche, la sœur le commande, c'est une variante, celui dont ça n'était pas le tour de grand lit s'exécute, creusant une niche dans les tréfonds, forant un tunnel, soulevant le coin du matelas de laine pour extirper le drap de dessus et les deux couvertures lourdes, sa tête, enfin, apparaît, à l'autre bout du monde, on l'aperçoit, et il chatouille les pieds de la sœur qui n'en peut plus. Le traversin épais est engoncé dans une taie assortie aux draps du grand lit fastueux. Entre eux ils appellent le traversin la saucisse, ils se moquent, sans s'autoriser toutefois un tel écart de langage en présence de la sœur qui dort avec le traversin, l'embrasse, l'étreint, se colle contre lui dans le secret de son sommeil. Elle a trois et quatre ans de plus qu'eux, les vrais adultes disent qu'elle est très responsable.

Leur mère est une vraie adulte, bien qu'elle semble jeune tant elle est pâle et blonde. Ils lui ressemblent, eux les frères, la sœur tient de leur père, noiraud et long. Leur mère entre dans la chambre pour la prière, elle dit le Notre Père ou le Je Vous Salue Marie ou les deux en commençant par le Notre Père ses prières ne sont pas comme celles de l'église où ils vont le dimanche avec elle les mots luisants sortent de l'intérieur de son corps et coulent comme la rivière souple et forte au fond du pré des grands-parents paternels ils entendent sa voix infime qui remplit la chambre ils disent les mots de la prière derrière leurs dents ils les savent par cœur ensuite elle éteint la lumière du plafonnier rond, s'en va et c'est fini. Il faut dormir; avec la bête assise sur la commode, là, juste au-dessus du lit jaune, le corps sombre de la bête durcit dans le noir de la chambre, s'épaissit, devient lourd, le garçon qui dort seul entre les barreaux coquille d'œuf sent la bête peser sur lui, il finit par tomber dans le sommeil comme dans une fosse, les pieds froids, les tempes serrées. Le noir de la chambre n'est pas noir, le poêle à gaz le troue, trapu, quasiment rigolard, lèvres écartées sur une bouche orange frangée de bleu vif. Il est interdit de s'approcher de la fente irisée, il est interdit de toucher la chose. Leur mère en a peur, la sœur s'en écarte, seul le père maîtrise la situation, effectuant d'une main souveraine, dans le dos du poêle, branchements efficaces et réglages opportuns.

L'article premier de la charte de cohabitation, dit de la tirelire, est bref; pour être reçu dans le grand lit, il faut jouer à la tirelire. On met d'abord une pièce dans l'orifice. Une pièce, ou, si l'on n'a pas de pièce, une chose singulière dont la sœur accepte l'offrande. Par exemple un ticket encore valable pour le manège du jardin Lecoq, un bouton arraché au manteau neuf leur mère le croira perdu on sera grondé, un bon point de l'école, récent, une vignette autocollante de la collection des joueurs de football mais une que l'on n'a pas en double la sœur vérifie dans l'album et dans le cartable, un bout de page découpé dans le livre de lecture ou de calcul, un coton-tige racorni, usagé mais presque propre, récupéré, en présence de la sœur, dans la poubelle de la salle de bains pas sur le dessus dans le fond ou au milieu. Ils ont remarqué que la sœur apprécie tout ce qui vient de l'école, ils s'appliquent, ils veulent qu'elle soit contente, ils veulent avoir le petit frisson quand elle glisse l'offrande dans la fente, c'est toujours elle qui le fait, elle dit qu'elle officie. On n'introduit pas dans la tirelire d'objet humide ou de denrée périssable, rien ne doit pourrir à l'intérieur du ventre de la bête. Ce qui est volé aux adultes plaît beaucoup, ils ont volé à la grand-mère Gisèle une boucle d'oreille en or qui lui venait de sa propre grand-mère, ils ont volé une petite bague en argent dans le tiroir de leur mère, un crayon de maquillage, le roi de cœur d'un jeu de cartes neuf, des pions de dames, une cigarette mentholée, un briquet minuscule et plat. Ils sont ingénieux et discrets, on ne les soupçonne pas, ils sont menus, calmes, silencieux et blonds, les adultes s'occupent de leur santé, de les nourrir, de les peser, de les mesurer, de vérifier qu'ils prennent malgré tout, régulièrement, du poids et des centimètres, que leurs ongles sont bien coupés et leurs pieds propres, qu'ils n'ont pas froid, ou pas trop chaud, qu'ils ne vont pas tomber malades. Heureusement l'aînée a donné moins de soucis, elle est robuste, et elle a toujours été la plus grande de sa classe.

Après l'offrande on doit prier devant la tirelire. Ils récitent les deux prières dans l'ordre, leurs voix sont basses mais distinctes, la sœur écoute et vérifie qu'ils n'oublient rien, qu'ils ne se trompent pas. Elle leur a expliqué les mots difficiles, sanctifié, offense, entrailles. Elle reste dans le lit, adossée au traversin replié en deux, ils lui font face, maigres dans leurs pyjamas bleus, les pieds nus sur le lino luisant, ils se tiennent à la place de leur mère les mains jointes devant la poitrine, leur mère est encore là avec ce geste doux qu'ils imitent d'elle, la sœur pense que la seule vraie différence est que leur mère demande quelque chose à Dieu quand elle le prie tandis qu'ils ne demandent rien à la bête. La sœur tient beaucoup à cette différence qu'elle explique, ils écoutent mais n'ont pas d'avis. L'offrande à la tirelire est définitive, ce qui est enfoui dans le ventre de la bête est perdu, on ne le reverra pas, on l'entendra cliqueter, on saura que c'est là, dans le noir, mais on ne l'atteindra plus, on ne le redécouvrira pas après l'avoir oublié, c'est hors temps, sorti de tout, parti, mort. Parce que la bête n'a pas d'autre orifice que la fente dorsale, ils le savent, la sœur l'a vérifié, ils se tenaient à ses côtés, légèrement en arrière, elle a retourné la bête, elle a dit que c'était marron, fermé et lisse, qu'il n'y avait rien.

BRASSE COULÉE

Les femmes ne vont pas aux grenouilles. Les femmes restent dans les maisons, elles dorment dans les lits, les enfants sont auprès d'elles, dans les autres chambres, avant de s'endormir elles les ont entendus, les ont écoutés respirer derrière les cloisons de bois parce qu'ils sont un peu enrhumés. La saison est rude, changeante, elle en veut aux gens, les enfants sont facilement pris, ils se mouchent, ils toussent, ils ne sont pas bien, ils manquent l'école un jour ou deux, on les garde au lit, ou dans la cuisine, ils portent sur des tricots de corps à manches longues des sous-pulls en coton à cols roulés et des gilets de laine épaisse tricotés au point jersey, leurs pieds sont sages dans les pantoufles fourrées, ces jours-là on a encore un peu les enfants à soi, comme dans soi, dans le chaud de la maison. Dehors c'est mars. Mars d'ici, mars du pays haut. L'herbe jaune est chiffonnée de gel, l'air mord, il saisit, par brusques bouffées pâles, il s'empare de la peau, la traverse sous les couches de vêtements. Dans le jour dru, le ciel s'ouvre, bleu. Les arbres restent dans l'hiver, très nus, ils cliquettent au bord des chemins quand le vent les rebrousse.

Personne ne s'attarde, ce temps n'est pas encore venu, il se prépare sous la terre, là où poindront, à l'abri des talus, les premières violettes courtes qui ne sentent rien. C'est le moment des grenouilles, on ne sait pas d'où elles s'extraient, comment elles ont tenu, dans quel creux, blotties, cernées de froid. Elles sont vivantes, affûtées, elles frayent, elles sont en amour, elles s'énamourent bruyamment dans les frimas de mars, c'est atavique, organique, elles ne choisissent pas, elles s'amassent, copulent, pondent des monceaux flasques piquetés de points noirs, et s'égaillent ensuite, glissent vers la saison nouvelle qui s'ouvre pour elles aussi de l'autre côté de l'hiver long. Elles sont opiniâtres. Elles ne sont pas forcément vertes, elles demeurent indécises de robe, entre le brun de mousse, le jaune parfois, certaines confinent au gris d'écorce tavelé de touches olivâtres. C'est ainsi du moins que les voient les enfants qui ne les connaissent que prises, mortes déjà, ou grouillant dans le sac de toile dont elles voudraient s'échapper avant d'être coupées.

Les hommes vont aux grenouilles, ils sortent à plusieurs, deux ou trois, dans le soir mouillé qui est déjà la nuit pour les enfants que l'on couche tôt. Partir seul aux grenouilles serait dangereux. D'autres le font, ils croient connaître les montagnes, et savoir s'y repérer dans le noir abyssal, et ne craignent pas, ou ignorent, ou veulent ignorer ce qui vous saisit là-haut, ce qui vous frôle, loin des maisons, des lumières, dans le mugissement obscur des choses. Un homme est mort, dans les montagnes, autrefois, on le raconte, mais ça n'est pas si vieux, on connaît sa femme, elle est restée veuve, avec trois filles à élever. Il ne revenait pas, un homme sérieux, la matinée passait, et pas d'homme, ils sont montés le chercher, à quatre, en cas d'accident il faudrait du monde, deux sont redescendus entre chien et loup, pour prévenir la famille et les gendarmes, les autres étaient restés près du corps qu'ils n'avaient pas voulu déplacer, ni toucher, on n'a pas su ce qui était arrivé, on a parlé d'un malaise ; un homme en pleine santé, et qui n'avait pas quarante ans. Les montagnes sont des plateaux mangés de vent vide sous le ciel énorme. Dans le plein du jour, c'est une gloire sauvage, et douce éperdument. Mais les grenouilles sont affaires de nuit, et les hommes qui vont aux grenouilles ne donnent pas dans la bucolique. La pêche est interdite, ils sont prédateurs pour les bêtes gluantes, et proies eux-mêmes pour les gendarmes avertis qui connaissent les usages de la saison, et guettent, et attendent, tous feux éteints, aux carrefours stratégiques. Leur échapper est un jeu, en vrai, une joute grande entre gendarmes et braconniers. Les hommes réinventent la cour de récréation. Le lendemain, dans les maisons, les parties seront commentées, malaxées, rehaussées d'exclamations hautes, de fortes paroles que les enfants entendent et recueillent, trois sacs bourrés elles sautaient de partout jamais vu en rien de temps la lampe marchait plus les bottes pleines il a commencé à neiger des bourrasques à l'ancien chemin de Prévert ils les ont coincés comment ils étaient venus ils connaissaient pas ils peuvent pas connaître il faut être d'ici ils les ont comptées une par une avec l'onglée aux mains mal au cœur la rage la loi pour eux pas intérêt à carreaux le procès-verbal l'amnistie pour les élections ça fait des sous pas perdues pour tout le monde des gueuletons à la gendarmerie.

La saison des grenouilles est brève, violente, il ne faut pas la manquer, elle exalte, elle échauffe les esprits mâles. Les femmes font l'autre travail. Les enfants ont le droit de regarder. C'est le dimanche matin. Les hommes vont toujours aux grenouilles un samedi soir parce que François qui a un bon poste chez Michelin revient exprès pour ça, on lui téléphone dans la semaine quand on sent que c'est le moment, il dit qu'il s'y attendait, qu'il l'aurait parié, et il vient avec son break quatre roues motrices immatriculé 63 qui passe partout, la tante reste à Clermont. Les sacs sont dans une pièce sombre et voûtée, entre la laiterie et la cuisine, que l'on appelle la cave, mais qui serait plutôt une sorte de resserre. Les sacs sont pleins, ça bouge à l'intérieur, la toile brune est mouillée. Les sacs sont solidement ficelés, les femmes tranchent les ficelles. C'est d'abord une odeur de terre, d'eau, une odeur humide et froide. Les femmes diraient que ça sent la sauvagine. Elles ne disent rien, ou autre chose. On ne traîne pas, on travaille mieux sur les bêtes vives, elles se coupent mieux. Les femmes les saisissent, l'une après l'autre, on plonge la main, on n'ouvre pas largement le sac, les grenouilles sauteraient, elles sont coriaces, elles ont résisté à l'hiver du plateau, elles auraient cette force, de s'échapper, de tenter un dernier coup, un dernier saut, vers les fonds de la resserre, où l'on n'irait pas les dénicher, on a trop à faire, on les retrouverait des mois plus tard, à la faveur d'un grand déblaiement, sèches et racornies, collées, moisies. Les bêtes sont coupées, on ne garde que le tiers inférieur du corps. Les gestes sont précis, la partie supérieure est jetée dans une bassine ovale garnie d'une couche épaisse de papier journal, l'autre dans une sorte de récipient qui ne sert qu'à ça, une fois par an, et qui n'est ni un faitout, ni une cocotte, ni un seau puisqu'il a un couvercle avec une poignée. Les enfants ne parlent pas, ils se penchent sur la bassine profonde où les membres supérieurs des grenouilles, courts et comme nantis de doigts, esquissent en vain de lents mouvements de natation. Le sang est pâle, dilué dans la glaire gélatineuse des œufs que vomissent les ventres tranchés. Les enfants se penchent, mais il ne faut pas gêner le travail, on serait grondé.

Le plat de grenouilles doit être prêt à midi. Les femmes ôteront la peau des pattes qu'elles noueront et cuisineront dans deux poêles à grand renfort de persil. Les enfants se tiennent en retrait. Les hommes sont venus dans la cave, ils ont nettoyé le sol et emporté la bassine ovale, qui sera suspendue, vide et propre, à sa place contre le mur, au-dessus de la réserve de pommes de terre. Les enfants pensent à la brasse des bêtes tranchées, ils pensent aussi qu'ils aimeraient enfoncer une main dans le sac des grenouilles, au moment où les femmes l'ouvrent, avant qu'elles ne commencent à couper. Ils n'osent pas. Ils n'ont pas osé. Ils pensent à la nuit dans les montagnes, à l'eau noire et froide dans le rond de la lampe, aux gendarmes qui attendent en fumant des cigarettes. Les enfants ne mangent pas les grenouilles, ils n'aiment pas ça, c'est trop long, il faut sucer trop d'os pour presque rien. On leur dit que c'est normal, le goût des grenouilles leur viendra plus tard, peut-être que ça sera trop tard, que ça fera comme les écrevisses, les grenouilles disparaîtront, ça sera fini, peut-être, presque sûr, même. C'est surtout François qui le dit. Les enfants n'écoutent pas. Ils attendent le dessert.

LE TOUR DE FRANCE

Au moment du Tour de France, si le temps était sûr, on faisait une pause pour regarder l'arrivée de l'étape. La cuisine restait fraîche. Les volets étaient fermés. D'abord on ne voyait que des lignes, des creux d'ombre. On était pris, happé, dépouillé, comme d'un vêtement, de la lumière qui écartelait tout depuis le matin autour de la maison trapue. Ensuite les yeux s'habituaient, retrouvaient les choses à leur place, chacune. Le père allumait la télévision. Elles ôtaient leurs chaussures. Leurs pieds étaient blancs. Une odeur de sueur jeune nimbait leurs corps solides.

Sur le banc, côte à côte, elles ne se touchaient pas, une sorte de fatigue chaude et muette coulait d'elles, glissait, s'épandait, elles arrondissaient leurs dos, nuques ployées, elles appuyaient leurs coudes sur la toile cirée beige. Debout contre l'évier, elles avaient bu de longs verres d'eau coupée de sirop de menthe ou d'anis, l'eau venait d'une source profonde, il suffisait de la laisser couler un peu pour qu'elle soit glacée, même en juillet, on l'appelait l'eau de Niarpoux qui était le nom de l'endroit, dans les montagnes, où naissait la source.

On mangeait. Des pêches et du melon. Le père coupait le melon en petits dés dans une assiette creuse, il versait du sucre sur les morceaux qu'il piquait lentement pour les porter à sa bouche un par un avec la pointe de son couteau. Elles mordaient dans la tranche, qu'elles tenaient aux deux bouts, ou dans la chair du fruit rond qu'elles fouillaient de la langue et des dents, les joues creusées, avides de brandir comme un trophée le noyau oblong, nettoyé, mis à nu, révélé. Le jus coulait de leur menton sur la toile cirée. Elles préféraient les pêches blanches encore fermes sous le duvet. Elles aimaient la peau et s'étonneraient, plus tard, de la voir dédaignée par des camarades d'internat rompues à l'art stupéfiant de dépouiller une pêche à la fourchette et au couteau.

Les mouches s'ébattaient dans le jus sucré. On pouvait retourner sur elles, surprises et engluées, son verre. Elles agoniseraient jusqu'au soir et les plus vaillantes seraient délivrées à l'heure de la vaisselle. D'autres mouches, collées, tressautaient vainement sur les deux rubans torsadés qui pendaient au plafond. Certaines, enfin, se risquaient sous la table où les chiens alanguis prenaient le frais sur le carrelage. Ils étaient deux, mère et fils, noir et blanc, le pelage lourd, fourni, les oreilles douces, les yeux bruns. Ils obéissaient peu, ne se souciaient pas des humeurs humaines et goûtaient en silence la brèche de quiétude ouverte dans le jour trépidant par l'arrivée de l'étape. Ils soupiraient quand les deux filles de la maison posaient sur leurs flancs étirés quatre pieds nus, légers et caressants.

Dehors l'été crépitait, tendu de bleu. On le devinait, cuisant, aux articulations des volets métalliques qu'il soulignait d'un trait dur. Tout se taisait et ce silence bruissait parfois autour des lanières du rideau de plastique épais qui garnissait l'entrée du couloir. Elles auraient pu dormir, une poignée de minutes, un quart d'heure, le front posé sur les avant-bras croisés comme elles le faisaient dans un jeu qu'elles avaient inventé. Elles n'auraient pas dormi vraiment, elles auraient imité, seulement, pour être entre soi et soi, dans l'odeur de sa peau, les yeux fermés, loin, hors monde, pour faire comme si, autrement, ailleurs, pour imaginer, pour partir. Mais, devant le père, elles préféraient ne pas. Elles sentaient sous leurs pieds le corps menu des chiens et appuyaient un peu.

Après la collation, qu'elles appelaient les quatre heures, elles prenaient position, ragaillardies, le menton calé dans le creux de leurs mains petites brunies et rondes qu'elles n'avaient pas lavées. Leurs ongles étaient courts, d'un rose délicat. Elles laissaient se dévider en elles des choses simples, un vêtement nouveau qu'elles essaieraient le soir dans la chambre, la lettre de la tante Jeanne qui habitait Paris et viendrait en août avec des cadeaux, la fête où elles conduiraient les autos tamponneuses, l'argent qu'elles recevraient pour avoir travaillé pendant la fenaison, comment elles le dépenseraient, comment elles en garderaient une partie, et quelle partie.

Elles chevauchaient, elles galopaient. Loin. Elles n'avaient plus peur. Elles oubliaient la colère. Personne n'était mort. Personne n'avait déserté. Elles n'avaient pas été laissées. Des cheveux souples et roux flottaient dans leur dos, leurs yeux étaient verts, leurs dents rangées, leurs corps longs, leur peau blanche, elles marchaient sous la pluie d'une ville luisante où on ne savait pas leur nom, elles avaient étudié, c'était fini. Elles disaient des phrases dans des langues étrangères, elles avaient un frère aîné, elles somnolaient près du hublot dans un avion en partance pour la Nouvelle-Zélande qui était de l'autre côté de la terre exactement. Elles n'allaient pas sur la tombe. Elles n'étaient pas obligées. Elles ne seraient pas entrées dans la chambre. Elles ne l'auraient pas vue.

Le son de la télévision était bas. Le père savait le nom des coureurs. Il parlait surtout du meilleur grimpeur qui portait le maillot blanc à pois rouges. Il commentait les paysages. Il préférait les étapes de montagne. Il regardait si le foin était haut dans les prés, si on voyait des vaches. Il ne disait pas des vaches, il disait des bêtes. Il comparait les pays. Il disait aussi que plus tard elles pourraient aller partout, elles iraient chercher ailleurs ce qu'elles n'avaient pas trouvé chez elles. Elles ne répondaient pas. Elles étaient un peu amoureuses d'Eddy Merckx.

BON EN ÉMOTION

Toujours il avait voulu retourner là-bas, à Aubrac, sur le plateau. Il n'avait pas oublié. Pourtant il oubliait tout, les autres disaient que tout glissait sur lui. Mais pas ça. Avec les parents ils n'allaient jamais nulle part. Sauf en Algérie, un été sur deux. Le père prenait toutes ses vacances d'un coup. Au bled il était comme un roi au milieu des femmes, la grand-mère, la mère, les tantes, les cousines. Il pouvait tout. Mo n'avait jamais aimé ça. Depuis la mort du père, il n'était plus retourné. Il n'avait rien là-bas. Les femmes lui faisaient peur. Avec Maria ils iraient à Aubrac. C'était leurs premières vacances ensemble. Il fallait qu'il invente, qu'il fasse fort. Aubrac, les maisons, et le plateau autour, elle ne savait même pas que ça existait Maria, et les bêtes, les bois, les gens, comment ils étaient, elle ne pouvait pas imaginer. Pourtant elle en savait plus que lui, sur tout, tout le temps, elle allait plus vite, elle disait, mais là il avait la main, il était le plus fort.

Il avait gardé le cahier de la classe verte. Il était chez la mère, caché. Un jour où Maria finissait plus tard il est allé le chercher. La mère avait fait le pain. C'était le jeudi le jour du pain. Ils ont mangé en se graissant les doigts sans rien dire. Le pain était encore chaud et mou. La mère a éteint la télé. Elle respirait fort. Elle était contente de l'avoir là en face le fils qui se remplissait le corps de pain comme avant, avant cette femme portugaise qui l'avait pris. Et aussi elle était contente parce qu'elle partait avec Mounir les deux mois. Elle a dit à Mo que ça serait peut-être la dernière fois et il a senti sur lui son regard. Il n'a pas levé les yeux. Il ne voulait pas savoir ni son âge ni qu'elle allait mourir ni comment ça serait après quand elle ne l'attendrait plus. Il a gratté un peu la toile cirée. Il ne fallait pas qu'elle pleure. Il a pris le cahier dans la chambre et il est parti.

Il ne voulait pas le montrer à Maria. Il voulait seulement tout retrouver, les choses, les noms. Saint-Andéol, Saint-Urcize, Nasbinals, Baboyères, Ambessière, Espalion, Laguiole, Laissac, Aulos. Serge Niel, éleveur à Aulos. Ils étaient allés chez lui, avec le maître. La maison était grande comme un château avec plusieurs portes et deux chiens. C'était une famille, Serge, l'éleveur, son père, sa mère, sa femme, sa fille, son neveu. Nénette, il lui disait le grand-père, à la petite qui était dans la poussette. Il la promenait. Il se penchait. Elle s'appelait Delphine. Mo s'en souvenait et elle était bouclée noir comme des sœurs que les autres avaient à la cité. Elle riait. Elle n'avait pas encore de dents dans sa bouche rose. Les chiens étaient couchés devant la maison. Ils étaient noir et gris. Le neveu faisait des tours de vélo. Il ne s'approchait pas. Il ne les regardait pas eux les autres enfants. Ensuite sa grand-mère l'avait appelé pour qu'il donne à manger aux lapins des épluchures de légumes. Il ouvrait les cages et il les refermait et les lapins roux sautaient dans tous les sens autour de ses mains.

Éleveur ça lui plaisait à Mo comme métier. Il avait pensé

élevé, grand, qui a bien grandi. Dans l'étable ils avaient senti des odeurs. Les bêtes étaient dehors. Ils avaient lu leurs noms écrits en blanc, en majuscules, sur des morceaux de bois au-dessus de leur place. Chaque élève avait lu un nom, et le maître aussi. C'était comme une chanson. Ils avaient recopié dans les cahiers, Demoiselle, Colombe, Agathe, Toulouse, Irlande, Armade, Minoune, Gertrude, Églantine, Doucette. Serge avait raconté ; il avait dit que de mai à octobre ils allaient, les mères et les petits de l'année et un taureau, à Fontanilles ou au Jas de Patras, à la montagne. Ils étaient en liberté et les veaux tétaient les mères. On allait les voir. On s'en occupait. La montagne l'été c'était mieux que tout pour les bêtes, et même pour les gens. Le maître avait ri. Serge touchait les taureaux et eux les enfants restaient loin. Ils regardaient. Il leur expliquait. Il parlait avec le maître. Ils se disaient tu. Mo n'avait pas eu peur. C'était comme un mystère. Les taureaux avaient un anneau dans le nez. Ils étaient lents, larges, longs, presque gris. On ne pouvait pas vraiment dire leur couleur enfin Mo il ne pouvait pas et du noir aussi ils avaient à la tête et à la queue. Les autres mots il ne les savait plus. Dans le cahier ils avaient dessiné une bête avec le corps découpé en morceaux, et des flèches et des noms. Mais ça il ne l'avait pas retenu.

Il a tout retrouvé, et les dates, et aussi les cartes, où ils avaient écrit Fontanilles et Jas de Patras. Il avait laissé le cahier dans son casier au vestiaire du centre et il le regardait tous les jours, à la pause de midi. Un dimanche soir il a parlé à Maria, au bord du Rhône, là où ils allaient toujours. Il a parlé des bois, des maisons, comment elles étaient grandes, et du vide que c'était là-haut, comme la mer il a dit pour lui donner envie. Et puis il a oublié qu'elle était là. Il galopait. Il savait tout. C'était à cause du cahier. C'était en dedans. Il avait les mots. Maria était légère. Il ne la sentait plus à côté de lui. Il voulait aller là-bas. Avec elle. Ça recommencerait, comme au début quand elle était tout pour lui, et lui pour elle ; elle le disait ; elle voulait tout le temps ; elle riait ; elle était douce ; tout l'automne et tout l'hiver ils avaient vécu comme ça les deux, ensemble. On ira elle a dit. Le lendemain au magasin elle a cherché sur le Minitel le numéro de l'hôtel à Aubrac. Ils ont appelé. Maria a parlé. L'homme a expliqué comment venir depuis Avignon en voiture, où sortir de l'autoroute et comment faire après. Maria a tout noté sur une feuille de papier quadrillé. Ils iraient à l'hôtel cinq jours. Ils pouvaient. C'était comme ça.

Ils sont arrivés le soir. Maria avait conduit doucement parce qu'elle ne connaissait pas la route. Ils s'étaient arrêtés et elle avait regardé et elle avait dit c'est le désert. Il lui avait montré les hêtres. Les noms des arbres étaient dans le cahier. Il avait retenu les hêtres et les sorbiers. Le maître leur avait appris. Ils collaient dans le cahier, dans des pochettes de papier presque transparent qui faisait du bruit quand on tournait les pages ; les feuilles, les herbes, les écorces, les fleurs aussi, quand on pouvait les prendre. Certaines on les laissait. Le maître expliquait. Elles étaient rares.

Ce maître n'était resté qu'une année dans l'école. Il venait de là, de ce pays où il les avait emmenés, l'Aubrac. Il s'appelait François. Les élèves lui disaient son prénom et tu. Il avait voulu comme ça et on l'écoutait. Il était comme un ogre. Grand, le corps large, et rapide, et toujours là et ailleurs. Sa chemise sortait de son pantalon et elle n'était jamais fermée jusqu'en haut. On voyait son cou. Il faisait du vent avec ses bras. Il respirait beaucoup. Il était tout doré, mais pas comme lui Mo ou comme les gens de la cité et du quartier. Il n'avait pas le même soleil dans sa peau, ça venait d'ailleurs et au début Mo avait eu peur à cause des bras, des gestes et de l'accent. Le maître parlait vite et Mo était lent. Il ne comprenait pas tout. La colère des autres lui tombait dessus. Il avait l'habitude. C'étaient les narines aussi qui faisaient peur. Elles étaient creusées, comme retroussées, et larges, et le sourire là-dessous, les dents très blanches. Le sourire éclatait, et le rire, et le corps du maître remplissait toute la classe.

Une fois dans sa vie avant Maria Mo avait eu confiance. Dans son cahier de classe verte, il avait collé, découpé, souligné, encadré, recopié, dessiné. Le maître disait tout. Il savait son pays par cœur. Il était sur la terre et dans le ciel comme un arbre Mo avait pensé et il l'avait écrit sur le cahier quand il fallait dire les impressions. Et le maître avait ri. Il lui avait touché la tête de sa pleine main ouverte, et douce et chaude. Sa tête sous la main du maître. Jamais on ne l'avait touché comme ça, jamais un homme, ni sa mère. Et il avait eu la meilleure note de la classe avec son cahier. La seule fois dans sa vie. Les fautes d'orthographe ne comptaient pas. Ce qui comptait c'était l'émotion, le maître l'avait dit. Il l'avait félicité devant la classe. Ils s'étaient regardés. Jamais il ne regardait les gens Mo. Les yeux du maître étaient presque verts, avec des pointes d'or dans la lumière. Mo était fort en émotion. Pas en orthographe ni en rien de l'école. En émotion.

Le premier soir, quand ils étaient dans leur chambre avec Maria, un orage a éclaté. La chambre leur plaisait. Le papier était neuf, avec une frise à hauteur de la tête de lit comme elle aimait et des rideaux épais en velours rose, des doubles-rideaux elle a dit. C'était bien éclairé. Ils ont allumé et éteint toutes les lumières plusieurs fois pour essayer, pour voir comment c'était le mieux. Maria a fait la folle en sautant partout et elle riait et Mo avait chaud dans le corps. Il l'a touchée par-derrière elle n'a pas voulu elle a presque crié on voit bien que tu t'es laissé conduire tout le jour et elle avait sa ride entre les deux yeux. Ils ont rangé les affaires dans l'armoire. Maria dépliait les serviettes dans la salle de bains, elle les comptait, les repliait, elle posait ses mains sur les choses, c'était propre, elle a pris une douche. Mo a ouvert la fenêtre, il pleuvait dans les feuilles et ça sentait le brouillard, la nuit, la terre, l'herbe, les bêtes peut-être aussi. Il attendait pour tout reconnaître, il respirait fort et Maria est venue elle a dit ferme il fait froid et elle est allée sur le lit et elle était d'accord. Toujours elle voulait avoir raison et décider.

Elle avait peur des bêtes. Il l'a senti tout de suite. Elle n'a rien dit mais il savait comment elle avait peur depuis le soir du bord du Rhône où elle avait failli se noyer. Elle disait que c'était de sa faute. Ses yeux étaient plus petits, plus durs, elle se ramassait sur elle-même en dedans la bouche serrée. Elle devenait méchante. Il se méfiait. Le premier matin, après l'orage, tout était neuf. Mo sentait le pays large autour, il était pressé. Maria a traîné au lit et à la table du petit-déjeuner. Elle était la dernière. Les gens partaient à plusieurs avec de grosses chaussures et des sacs sur le dos. Ils avaient l'air content. Ils ne faisaient pas de bruit et le patron de l'hôtel parlait avec eux. Il les connaissait tous. Ils l'appelaient Monsieur David et Mo se demandait si c'était son nom ou son prénom. Il a attendu Maria sur la terrasse. Il regardait la place. Les choses n'avaient pas changé, sauf la statue derrière la fontaine. Une grande statue en bois, un homme avec un seau à la main, et un chapeau. Un homme maigre. Il n'a vu que de loin. Il ne s'est pas approché ; ça ne lui plaisait pas ; la statue était nouvelle, elle n'était pas là pendant la classe verte sinon le maître leur en aurait parlé et ils l'auraient peut-être dessinée dans le cahier. Il n'avait pas envie d'en savoir plus.

Maria est arrivée. Elle avait mis son pantalon bleu. Il aimait bien parce que Maria en haut elle était comme une enfant et les seins ils ne s'en occupaient pas mais à partir de la taille elle avait tout et ça le faisait mourir rien que de la regarder devant lui dans le pantalon bleu qui collait bien mais pas trop. Tout ça c'était pour lui. Ils sont partis sur la route qu'ils connaissaient déjà. Ils n'ont rien demandé à personne. Elle a conduit vite et elle a dit on voit loin ici. Elle a parlé de la chambre. Les gens se levaient tôt dans ce pays. Elle les avait entendus, lui il dormait, il n'avait pas ronflé. Ils ont ri. Elle a garé la voiture. Ils ont marché un peu le long de la route. Un chemin partait, il allait vers un bois. On voyait tout dans la lumière chaude et douce. C'était bleu. L'herbe coulait comme des cheveux de femme. Mo s'est avancé. Elle est restée derrière. Il s'est retourné, il a demandé on va dans le bois. Elle n'a pas répondu, elle a baissé la tête, elle a avancé, et il a senti quelque chose se nouer dans son ventre. Elle avait peur, elle ne regardait pas, les vaches étaient loin, mais on entendait leurs cloches. Lui se souvenait, il savait, il aurait pu lui expliquer et lui dire que les vaches avaient l'habitude et que si on n'entrait pas dans leur pacage pour se mettre au milieu d'elles elles ne s'occupaient pas des gens. Mais c'était trop tard, elle était dans sa peur et il avait mal au ventre. Plus tard il a eu de la colère. Il a pensé qu'il ne pouvait rien, qu'ils n'auraient pas dû venir.

Dans le bois ils ont cherché un endroit entre l'ombre et le soleil. Ils se sont assis. Ils ne sont pas entrés profond. On ne voyait plus les bêtes et Maria a allumé une cigarette. Elle fumait sans rien dire. Elle regardait les arbres contre le ciel, la tête renversée en arrière. Ils écoutaient, les feuilles, le vent, l'eau. De l'eau coulait tout près ou peut-être plus loin dans le fond des bois où ils n'iraient pas parce que c'était comme un ventre et on n'était pas sûr d'en sortir. Une petite peur les avait pris dans la pleine lumière, les deux, ensemble, et ils aimaient bien ça. Ils étaient dans un autre monde. Autour d'eux, dans l'air, sous eux, dans l'herbe, sous l'écorce des arbres aussi et dans toutes les choses ils sentaient du vivant, de l'inconnu, des créatures, des présences. Mo s'est allongé, les yeux ouverts, sans bouger. Maria a laissé ses mains pendre sur ses genoux, les coudes aux cuisses. Mo a dit qu'avec le maître et les autres ils avaient mangé dans les bois plusieurs fois, ils avaient étudié les arbres, mais jamais ils ne s'étaient trouvés seuls comme eux maintenant.

Ils sont restés longtemps. Maria a demandé comment s'appelait le maître ; si le maître avait été une femme, elle aurait été jalouse. Elle était très jalouse et il n'avait pas intérêt à regarder les serveuses de l'hôtel. Elle ne le supporterait pas. Elle a fermé les yeux. Elle avait remarqué une rousse, avec des cheveux frisés dans le cou, une qui avait tout ce qu'il fallait ; il l'avait vue aussi, elle s'était occupée d'eux au petit-déjeuner. Il l'avait forcément vue. Mo s'est appuyé sur un coude, les feuilles ont craqué sous lui. Il n'avait pas écouté, il ne comprenait pas de qui elle parlait. Il a dit qu'il n'avait pas fait attention à la serveuse, il ne pensait à rien, il était bien. Il ne savait pas que Maria était comme ça. Elle s'est levée. Il a voulu l'attraper. Tout de suite il a été sur elle contre un arbre. Elle était chaude de soleil. Elle sentait. Il poussait il tremblait il aurait voulu qu'elle se retourne comme elle aimait quand ils étaient là-bas. Elle a dit tu me fais mal ici on le fera pas dehors j'ai pas envie c'est trop sauvage. Et elle est partie devant. Il l'a suivie.

Ils sont allés à Saint-Urcize, le lendemain, le mercredi. Il voulait lui montrer les cloches. Les portes de l'église étaient ouvertes. Il y avait des femmes avec des chapeaux ; une lisait dans un guide et les autres écoutaient. Il a retrouvé l'escalier facilement. Le maître les avait emmenés par groupe de cinq. Il n'avait pas eu le vertige. Ils avaient lu ce qui était écrit sur les cloches, les dates, et qui les avait données à l'église, des personnes riches qui croyaient en Dieu. Le maître avait expliqué. Ils avaient dessiné sur le cahier un croquis du clocher avec les quatre cloches et tout ce qui était écrit qu'ils avaient recopié. La veille, à l'hôtel, pendant que Maria prenait sa douche, et ça durait longtemps, et elle faisait couler beaucoup d'eau, il avait sorti le cahier de la poche intérieure de son sac et il avait regardé. Il voulait être sûr. Il avait une cloche préférée, c'était la troisième, mais il ne savait plus dans quel sens. Elle avait un prénom, elle s'appelait Delphine, comme la fille de Serge à Aulos. Elle devait être grande maintenant Delphine. Il aurait pu calculer son âge.

Ils sont montés. En haut ils étaient dans le bleu, dans le chaud du jour. Il était presque midi. Maria prenait son temps à l'hôtel. Après le petit-déjeuner, elle avait voulu encore. Et après elle avait pris une douche. Pas lui. Il aimait bien garder l'odeur. Il se respirait. Il sentait ses mains. Il avait attendu sur la place, appuyé contre la voiture. Il suivait les oiseaux dans le ciel, ils allaient par bandes, ils traçaient des lignes dans la lumière entre la tour et le toit des maisons. Maria avait mis une robe. Il préférait les pantalons. Il lui a montré Delphine et ils ont lu les dates. Elle a dit c'est vieux, je savais pas que tu t'intéressais à ça. Elle le regardait, la tête penchée. Elle était dans le soleil. Elle se moquait, ou pas. Trois femmes sont montées. Elles ont dit bonjour. Ils ont répondu. Maria a souri. Elles ont regardé la cloche la plus ancienne et elles sont reparties. Les autres attendaient en bas, on les voyait devant la statue du soldat, elles ont pris des photos de loin et les trois faisaient des signes. Mo a pensé qu'ils seraient sur la photo. Eux ils n'avaient pas d'appareil.

Maria s'est appuyée contre le mur. Mo a compris qu'elle n'aimait pas regarder en bas. À midi les cloches ont sonné. Ils sont restés pris dans le bruit. Après ils n'ont pas parlé tout de suite. Ils ont attendu. Ça cognait à l'intérieur d'eux. Ils étaient tout près du ciel. Maria a pris appui sur le mur et elle s'est glissée sous Delphine. À plat ventre, sur le côté, elle était toute petite, elle passait partout. Sa robe était remontée. Ses cuisses étaient très blanches. Elle a dit viens voir. Il a fait comme elle, de l'autre côté. Elle était collée sur la pierre et elle fermait les yeux. Il a vu. C'était très haut, et tout lisse. Des voitures étaient garées en bas. Il n'est pas resté longtemps. Il a posé sa main sur ses cuisses, elle a gémi et ouvert un peu. Ils ont entendu du bruit dans l'escalier. Elle s'est relevée. C'étaient des motards. Ils étaient plusieurs, des garçons, des filles, avec des pantalons de cuir et des foulards de couleur autour du cou. Ils riaient fort, une des filles était blonde avec des seins durs qui débordaient. Ils ne parlaient pas français. Ils sont vite repartis. Mo et Maria sont descendus derrière eux.

Ils se sont arrêtés devant le monument aux morts. Le maître avait expliqué ça aussi, les trois guerres, 14-18, 39-45, Algérie. Ils avaient compté les noms. C'était beaucoup de morts. Les autres avaient posé des questions. Ils savaient déjà des choses. On leur avait raconté dans les familles, pour l'Algérie. Chez lui on ne parlait jamais de rien, ou il n'entendait pas. Il n'avait pas tout compris. Il n'avait pas écouté. Il lisait la liste dans sa tête. C'était le dernier jour. Il avait osé. Il avait demandé au maître pourquoi son nom était sur le monument. Tout le monde s'était tu et le maître avait dit que ce n'était pas son nom mais celui de son arrière-grand-père, le père de son grand-père, et que dans sa famille tous les fils aînés s'appelaient François. Ils étaient trois vivants, son grand-père, son père et lui. Il avait sorti une photo de son portefeuille, on le voyait petit, on le reconnaissait à cause des narines, ils étaient là, les trois François devant le monument. La photo avait circulé. On l'avait rendue au maître. Il l'avait rangée. Ses cheveux étaient dorés dans le soleil. Mo a montré le nom à Maria. François Aygalencq. Elle a dit t'es amoureux ma parole et elle est partie. Il est resté un peu devant le monument.

Plusieurs fois ils sont retournés dans le bois, à l'endroit qu'ils connaissaient. Maria disait que les bois étaient tous pareils. Elle aimait conduire sur le plateau, on pouvait aller vite, la nuit surtout. La lune était pleine. Mo l'avait vue le troisième soir. Maria dormait. Il avait ouvert la fenêtre pour entendre les grillons et il avait reconnu sa lumière, son lait avait dit le maître. Il n'avait pas écrit ça dans le cahier. Il s'est souvenu d'un seul coup et il a eu une boule dans la gorge. Il n'a pas bougé. Il a attendu. Il ne voulait pas que Maria se réveille. Le maître leur avait montré les constellations. Il avait bien aimé ce mot ; il était comme mille étoiles à lui tout seul. Il n'avait jamais regardé le ciel, ni avant ni après. Il se perdait. Le maître savait les noms, la Grande Ourse et la Petite, l'étoile du Berger et Orion et le Chariot. Mo mélangeait tout. Ça tournait dans sa tête, la Voie lactée, les étoiles filantes. Il fallait faire un vœu. Il n'avait pas de vœu. Ils avaient dessiné une carte du ciel avec des points et des chemins de couleur lancés comme ceux que laissent les avions dans le bleu. Ils avaient appris les phases de la lune et qu'elle avait des quartiers comme une ville. Sur la place d'Aubrac tous les enfants, la tête renversée, et la voix du maître. Elle n'était pas pareille la nuit. On entendait tout se taire. Maria a bougé dans le lit. Il a fermé la fenêtre. Il n'a pas dormi jusqu'au matin.

À l'hôtel ils ne parlaient pas aux gens. Ils ne savaient pas. Ils n'avaient pas envie. Les autres avaient l'air de se connaître. Le deuxième soir en rentrant dans la chambre Maria lui avait dit qu'il était le seul Arabe. Il n'avait rien répondu parce qu'il sentait qu'elle voulait se disputer. Il avait pensé qu'elle était peut-être la seule Portugaise même si ça ne se voyait pas. Le soir, pendant le repas, Monsieur David passait à toutes les tables ; il avait les yeux très noirs ; il parlait doux, les dents bien rangées ; il tournait ses mains l'une dans l'autre ; il voyait les choses ; il demandait si ça se passait bien. Maria répondait que oui, que c'était parfait elle disait avec le sourire qu'elle avait pour les clients au magasin, un sourire large, et elle souriait des yeux aussi Maria quand elle était comme ça. Mo levait la tête, il regardait droit devant.

Le dernier jour, le vendredi, il a plu. Le brouillard sortait des bois, il montait de tous les côtés, la place était prise et Maria avait froid. Elle a dit tu te rends compte mettre des chaussettes au mois d'août, c'est pas chez nous qu'on verrait ça. Elle l'a dit plusieurs fois. Elle avait sa petite ride. Elle tournait en rond, comme une bête malade. Mo est resté longtemps sous la douche. Il n'avait pas envie de l'entendre il n'avait pas envie de la voir. C'était trop tard pour tout. Il ne pouvait rien empêcher. Se taire ou parler c'était pareil. Elle partait très loin. Il ne pouvait pas la toucher. Ils ont traîné un peu dans la chambre et elle a demandé tu veux pas me le montrer ton cahier pourquoi tu veux pas. Je sais où il est. Je peux le prendre si je veux. Il se lavait les dents. Il n'a pas répondu tout de suite. Quand il est sorti de la salle de bains elle était sur le lit. Elle avait le cahier dans les mains. Elle lisait tout haut. Il a eu envie de pleurer. Il a dit fais pas ça. Elle l'a regardé. Elle a fermé le cahier, elle a pris son pull et elle est sortie.

Ils ont roulé sous la pluie. Elle avait mis la radio à fond. Elle chantait en même temps, les hommes qui passent maman. Ils sont arrivés à Laguiole. Ils se sont garés à côté du taureau sur la place. Ils ne sont pas descendus de la voiture. Le taureau était noir et luisant. Des gens se prenaient en photo devant la statue. Ils avaient des bottes, des cirés et des capuches. C'était une famille avec des enfants blonds. Maria a dit ils se croient au bord de la mer ou quoi. Ils sont repartis. Ils sont allés à Saint-Urcize. Il ne pleuvait plus. Ils sont entrés dans un café. Ils ont demandé des boissons chaudes. Ils ont regardé les gens. Il y avait une table de sept ou huit personnes qui riaient avec le patron ; ils disaient Fred tu nous remets ça. Ils riaient à cause d'une boîte à musique en forme de tête de poisson collée sur une planche vernie ; on appuyait, la tête bougeait, et le poisson chantait en anglais avec une voix de femme. Il était vert et rose avec des dents. Le patron disait que ça venait d'Amérique. Mo leur tournait le dos. Il ne voyait pas. Il a eu honte parce que Maria riait aussi.

Quand ils sont sortis le ciel s'était déchiré. Ils n'ont pas parlé. Ils sont montés au clocher. Tout fumait dans la lumière neuve. Le soleil était fort. Ils sont restés longtemps appuyés contre le mur. Maria a dit sans regarder Mo ton cahier il est plein de fautes d'orthographe et elle s'est glissée sous la cloche comme la première fois. Mo avait mal au ventre. Il s'est retourné, il l'a poussée d'un seul coup, il a mis toutes ses forces, elle est tombée. Des gens ont parlé en bas. Ils ont crié. Il a attendu.

LA MAISON SANTOIRE

Ils trouveront tout. Après. J'ai bien chaud l'hiver. Ils ont beau dire ils peuvent tournicoter et fouinasser, c'est la maison Santoire ici, depuis quatre générations. Et ça tient encore ça tient debout. C'est propre, c'est chaud l'hiver, il sait y faire le vieux, c'est tout sec comme du bois, jamais malade. Droit sec net rasé chaque matin avant huit heures, et les habits repassés, des habits pour mille ans il a le vieux. Il use pas il use plus rien, des habits des draps des serviettes ce qu'il faut tout dans les armoires pour mille ans. Ils trouveront après, ils les trouveront. Ils voudraient qu'une femme vienne pour le ménage, ils disent quelques heures par semaine, un homme tout seul, il faut ça pour le confort une personne qui viendrait, et la compagnie, quand même savoir les nouvelles parler un peu avec une personne du pays qui connaît les gens, ils disent, laisser dire, le vieux signe pas le papier pour la demande. Pour manger ça va. Ils portent le repas chaud une fois par jour, ils entrent que dans la cuisine, c'est une personne de la mairie, une femme jeune, on sait pas d'où elle sort, si elle est d'ici ou pas, elle voit que c'est tenu, que le vieux est propre et debout, bien réveillé, avec la télé, tout normal. Il fallait dire oui pour les repas, pour cette aide, pour faire semblant d'avoir l'air comme les autres. Et rester tranquille. Qu'ils viennent pas me prendre pour m'emmener ailleurs, dans une maison comme ils disent. La maison Santoire est ici, les Santoire partent pas, ils ont l'orgueil, ils meurent dans cette maison. On trouvera tout. Ils me laisseront tranquille si j'ai l'air normal, propre, bien tenu. Il faut sortir un peu chaque jour, aller marcher à la même heure le long de la route, on me voit, ils passent en voiture, on sait qui je suis. Sortir, ouvrir les volets des deux fenêtres, acheter trois bricoles au camion, prendre le journal du jour dans la boîte, le déplier sur la table à la page des avis d'obsèques pour si quelqu'un vient et entre, il verra, il pourra dire aux gens de la mairie que le vieux Santoire fait bien son train, qu'il se suffit, qu'il s'intéresse, que c'est pas la peine, qu'il a pas besoin. Seulement le repas chaud à midi comme les autres vieux de la commune qui sont seuls dans les maisons. C'est difficile pour la voiture. Il faut pas lâcher. Ils viendraient, on partirait, on serait obligé. Les bras les jambes sont lents pour se plier, c'est difficile pour tourner, à droite à gauche, le clignotant, regarder tout ce à quoi il faut penser pour prendre le nouveau rond-point dans le bon sens à l'entrée de Riom. Après le vieux, ce vieux, c'est terminé, cuit. Ils entreront dans la maison, des gens, des cousins de loin, des héritiers, du côté de la mère, en remontant à sa mère, ou du côté du père, des sœurs qu'il avait, ou des cousines, ces gens viendront, ils prendront des choses dans les pièces, des meubles les cuivres, ils fouilleront, ils trouveront tout. Les autres en face les voisins, ils sont nombreux ils regardent. Ils font des rapports aux gens de la mairie, ils répètent ils attendent, pour les terres et la maison, pour avoir tout, acheter prendre avaler le bazar, devenir seuls des deux côtés de la route, avoir les deux côtés à la fois, être partout, ouvrir les fenêtres des pièces, fouiller vider jeter brûler, ils feront des feux de papiers et d'habits, là derrière la maison ils enlèveront les traces des Santoire. Ils trouveront tout. Ils voient ce vieux qui les gêne, qui reste là, un vieux de trop, qui vit trop, qui dure. Les femmes le surveillent, elles sont bonnes pour ça dans cette famille, elles passent elles traversent la cour à linge avec des corbeilles pour faire semblant, elles se plantent sur la route pour discuter comme si la route était à elles aussi, elles voient direct dans la cuisine par la fenêtre de l'évier. Il faut se cacher pour échapper mais pas trop, sinon elles iraient dire qu'il est fou qu'il tourne méchant qu'il a toujours été un peu braque, ça serait comme la maison du monstre chez Santoire, et après on le ferait porter fou ce vieux pour l'emmener, et la maison serait abandonnée. Le plus difficile c'est le téléphone quand il sonne comme si des gens étrangers étaient dans la maison pour écouter tout et comprendre ce qui se passe. Il sonne presque pas presque jamais, on est obligé de répondre on voudrait pas, on laisserait sonner mais ils viendraient, ils viendraient pour voir, ceux qui ont appelé, les gens de la mairie ou d'une administration, ou ils enverraient les voisins, une des femmes jeunes viendrait. Ils auraient le droit, pour vérifier que tout va bien, comme ils disent, que ce vieux qui vit tout seul est pas tombé, qu'il est pas malade, bloqué dans son lit à faire tout sous lui, ou mort raide la bouche ouverte, ou cassé en morceaux dans un coin de la maison à gémir à se traîner sans pouvoir bouger derrière la porte ou devant la cuisinière avec la plaque électrique allumée que c'est dangereux, on a mis le feu comme ça, des maisons ont brûlé entièrement avec le vieux dedans coincé cuit fait comme un rat. Ils disent que les vieux doivent prendre un animal, un chien ou un chat, pour la compagnie, avec la télé et une bête les vieux se supportent, ils dorment mieux ils ont à qui penser, ils parlent au chien ils vont à la promenade avec lui le long de la route ils le touchent ils l'attendent ils lui donnent à manger les restes avec une petite gourmandise en plus, une tartine de beurre un sucre du chocolat du saucisson, ils font crever le chien à coup de nourriture. Après, quand ils trouveront, on sera plus là pour voir, on sentira rien, ni chaud ni froid. Il faut bien jeter les ordures, en produire un sac plein fermé et posé à côté des poubelles remplies par les autres d'en face qui rangent rien et cassent et achètent et changent d'affaires tout le temps. Ce vieux a son sac fermé en plastique noir solide, il le noue, on sait pas ce qui est dedans mais le sac tient debout contre le poteau en ciment. Ceux qui ramassent les poubelles sont de la mairie, ils savent que c'est le sac du vieux Santoire, ça suffit pour montrer qu'il vire pas fou à garder ses ordures chez lui à les entasser dans des coins où elles sentent mauvais avec des rats des blattes et d'autres bêtes molles et plates qui grouillent et se mettent dans les tas quand on lave plus quand on est débordé la complète débandade, quand on peut plus faire, se suffire comme ils disent. Je me suis suffi dans la vie, c'est comme ça, les ordures me gagneront pas... Dans le journal ils avaient parlé d'une femme du côté de Saint-Flour qui avait vécu dans ses ordures, on l'avait retrouvée morte sur le fauteuil, elle allait plus dans aucune pièce, tout était plein de choses entassées, même son lit elle couchait plus dedans il était bourré recouvert d'affaires, la femme était sale, ils disaient pas si les bêtes l'avaient attaquée. Quand ils trouveront tout, ils jetteront ils brûleront ils auront du mal, ils allumeront des feux ici, à côté, dans le pré de derrière, ou ils enverront les affaires les papiers à la décharge dans des sacs qui déborderont. Les feux sentiront mauvais et dureront longtemps. Les gens sauront pas, pour les personnes qui ont habité ici, ils se souviendront plus. Les fenêtres seront ouvertes. Je voudrais pas avoir vu ça. Ils iront dans les pièces, ils feront de la lumière du bruit, ils nettoieront, ils casseront les cloisons de planches, les volets seront neufs, des artisans viendront, les autres d'en face feront des gîtes, ils connaissent rien, ils sont que des brutaux en agriculture et pour les maisons et le matériel aussi, ils croient tout savoir. Des gens habiteront pendant les vacances, pour une semaine ou deux ou trois, avec des amis des voitures des randonnées des barbecues comme ils disent, même que ça pue et qu'ils sont tous agglutinés dehors à manger des saucisses au lieu de s'asseoir chez eux tranquilles installés confortables et propres. On les voit l'été quand on va sur la route jusqu'au tournant, les deux maisons des Manicaudies sont louées comme ça, on voit tout, ils ont pas de gêne de se montrer sur les terrasses, avec les cuisses et le ventre des femmes en maillot de bain même pas habillées comme elles seraient en soutien-gorge et en culotte. Elles se traîneront ici l'été au soleil dans la maison Santoire. Pour se reposer soi-disant, on se demande bien de quoi, on sait pas. On a pas connu les vacances. On s'est pas reposé. On a pas été fatigué. Les gens viendront ici dans la maison Santoire rénovée transformée en gîte avec un petit panneau à l'entrée et le four à micro-ondes et le moderne. Le four à micro-ondes je l'ai pris. Obligé. Pour réchauffer les repas de la mairie, ils ont dit qu'il fallait, on pouvait pas résister, c'était mieux c'était pratique on salissait pas on allumait rien on appuyait sur le bouton et voilà c'était bien chaud. En deux temps trois mouvements. Elle dit ça la femme qui livre les repas de la mairie. Les autres d'en face s'entendent avec ceux qui viennent en vacances, les touristes avec des numéros d'étrangers sur les voitures, ils louent les gîtes, les femmes montent un peu sur des vélos, elles ont des casquettes à élastique et les jambons gras blancs à l'air qui dépassent de chaque côté de la selle, les enfants crient, ils sont plusieurs dans ces gîtes, ils louent ensemble. C'est la mode des gîtes. Après ça sera autre chose, ils inventeront autre chose pour se distraire, avoir des loisirs comme ils disent, ils en parlent du tourisme vert dans le journal et à la télé, ils y feront du tourisme vert dans la maison Santoire toute vidée toute curée des traces quand ce vieux sera plus là... La femme de la mairie qui apporte les repas sait pour les ordinateurs aussi, elle dit que les vieux dans les maisons il faudrait les relier avec des ordinateurs pour surveiller comment ils vont, s'ils tiennent le coup, elle en parle de ça, elle peut toujours courir moi que je prenne l'ordinateur, j'ai déjà le téléphone et le micro-ondes qui sont modernes. Il faut juste appuyer sur les boutons pour l'ordinateur elle dit la femme elle parle trop d'abord, il demande rien ce vieux que les repas chauds il paye pour ça. Je range dans ma tête, il a tout là ce vieux ça se voit pas, on le prendrait pour un demeuré mais je confonds pas les années ni les gens, je me rappelle le nom des vaches les numéros des plaques des voitures, des souvenirs de tout petit même, les chansons de la femme qui venait pour le linge pendant la guerre, des chansons qui se comprenaient pas. Et quand le père est rentré de captivité en Allemagne. On se lave le corps debout au lavabo avec le gant, il faut le faire bien et frotter aux endroits, pour les odeurs, la femme de la mairie a le nez pointu, elle aurait vite fait de dire que ça va plus, qu'il se laisse aller, il a plus la force et l'envie. Ces vieux c'est comme ça qu'ils finissent, ils ont plus envie de rien devant la télé on les met dans ces maisons ensemble pour les distraire s'en occuper les soigner les laver comme des bêtes à l'étable les tenir propres linge et corps ils ont plus à s'occuper de rien. C'est mieux vous auriez de la compagnie, toujours tout seul les hivers c'est long c'est pas une vie pour les gens d'être isolés dans ces grandes baraques impossibles à chauffer. La femme de la mairie dit ça, elle confond, on a les moyens, le compte plein pour payer le fioul. On répond pas. Il attend le vieux, c'est tout, elle croit qu'elle l'aura à l'usure, à force il finira par faire comme tout le monde les autres de la commune la mère Pradier et le père Boutal qui sont partis en maison à Allanche pour l'hiver et s'en trouvent bien, au chaud, confortables. Ils disent c'est pour l'hiver, vous reviendrez quand il fera bon, on revient pas on se ramollit dans les hospices on devient plus capable de rien, les vieux baissent tout de suite. Dans la maison Santoire on baisse pas, on part d'un coup ou en trois mois, pas le temps d'engraisser les docteurs et les infirmières qui empêchent pas de mourir. C'est la maison qui veut ça, partir d'un coup, net propre sec. C'est difficile pour aller à Riom chercher l'argent à la banque avec des personnes qui sont pressées et regardent sur les écrans des ordinateurs et parlent vite en euros directement et ouvrent les yeux. Elles s'énerveraient quand elles voient que ce vieux comprend pas, qu'il a pas compris tout de suite ou alors il fait semblant. Des femmes jeunes qui s'énerveraient comme si elles étaient fatiguées, fatiguées de quoi à rester assises toute la journée derrière le guichet dans le bureau bien chauffé, pomponnées faut voir comme et payées pendant les congés en veux-tu en voilà toujours à se plaindre à réclamer le beurre et l'argent du beurre, on voit qu'elles ont jamais été au cul des bêtes, elles savent pas le vrai travail comment c'est. Jamais finir. Tout ça c'est derrière avec le reste, on a plus rien à s'occuper. Ils trouveront tout. On attend. Tranquille.

HISTOIRES

Aux sources et à l'établi

Au commencement quid, il y a quoi au commencement, m'a-t-on lu des histoires, ça commence comment avec les histoires écrites dans les livres ?

On dirait, ma mère m'a lu des histoires, nous a lu des histoires aux trois, la sœur aînée de deux ans moi au milieu et mon frère de onze mois de moins que moi.

Mais je ne me souviens pas d'histoires lues par ma mère dans la chambre chauffée où nous dormions l'hiver tous les trois avant l'âge de l'école, dans notre commun tout petit âge. Je ne me souviens pas de livres pour enfants qui eussent été dévolus à cet usage de la lecture du soir très peu répandu à cette époque, le début des années soixante, et dans le milieu où je suis née, milieu de paysans propriétaires de moyennes exploitations en moyenne montagne.

Je me souviens seulement de la prière, un Notre Père, et c'est déjà du texte, un texte du père délivré par la voix de la mère et tamisé par son corps. Les histoires écrites ne passent pas par le corps et la voix de la mère. Le corps de la mère c'est la naissance, la nourriture et le Notre Père. Les histoires passeront par l'école, commenceront avec l'école, donc pas avant six ans, l'âge du cours préparatoire, je ne suis pas allée à la maternelle, il n'y en avait pas.

Les histoires commencent avec Madame Durif, qui prendra sa retraite l'année suivante, femme vieille, que je trouvais vieille, qui devait avoir à peu près l'âge que j'ai aujourd'hui, femme maigre demeurée dans mon souvenir bienveillante, propre, sèche et bleue. Je ne me souviens pas avec précision de ce que nous lisait Madame Durif, tout est noyé, a sombré, mais je me souviens qu'elle le faisait ; elle ne racontait pas, elle lisait, ça sortait du livre par le truchement de son corps et c'était une cérémonie de l'après-midi.

Le seul texte écrit qui reste pour moi attaché au corps de cette femme, à son odeur de propreté sèche, c'est le texte du livre de lecture, *Rémi et Colette*, que je pourrais retrouver, que je ne recherche pas et préfère laisser flotter ; des lignes étaient tracées sur les pages du livre, sans doute en rouge, ou en bleu, et c'est un texte avec des images. Rémi et Colette ont des corps, et des vêtements, notamment des polos rayés pour les deux, le frère et la sœur, une courte jupe plissée, une frange, une queue de cheval pour elle. J'ai oublié les parents de Rémi et Colette, leur maison, leurs amis, mais ils avaient un chien, comme moi, comme nous, les trois, à la ferme avions des chiens. Rémi et Colette ne font que des choses très ordinaires et courent beaucoup, se déplacent, la queue de cheval de Colette bouge, elle bouge tout le temps, et on voit les jambes de Colette qui court, Rémi est plus effacé. Ils sont mes premiers personnages et ils sont à peu près sans histoires.

Après le CP je saurai lire et j'aurai des maîtres, des hommes, deux, dont l'un, Monsieur Brunet, administrait la dictée comme on administre un sacrement, marchant dans la classe, longeant les rangées, se penchant sur les nuques appliquées, faisant avec emphase et sobriété à la fois sonner la phrase, siffler les s, ronfler les r, trémuler les lettres doubles et cingler les liaisons. Faire la dictée, c'était entrer physiquement dans le texte que délivrait, produisait, émettait tout le corps du maître, pas seulement sa voix, mais aussi ses bras, sa poitrine, son cou, ses jambes longues, sa blouse grise, longue non moins et boutonnée dûment ; c'était habiter les méandres du texte, s'envelopper dans sa chair, s'y enfoncer, s'y mettre à l'abri. Sensation très intense que j'ai retrouvée avec émotion, trente ans plus tard, racontée par Nathalie Sarraute dans *Enfance* ; sensation parente aussi du plaisir ardent de la récitation avec le ton jadis pratiquée à l'école primaire.

Le maître, ce même maître, Monsieur Brunet, l'après-midi, plus tard, en CM1 ou CM2, m'autorisera à sortir de l'armoire vitrée, où une série de volumes reliés en rouge, et doré peut-être, est rangée, un recueil de morceaux choisis ; je lirai alors tout à mon aise, pendant que les autres élèves feront autre chose avec le maître, je ne sais pas quoi, je lirai dans ce livre d'apparat des extraits, des bribes, des morceaux d'histoires de bois, de bêtes, de chasse, de choses vertes qui sentaient fort la sauvagine et tenaient au corps, d'autant plus, peut-être, qu'elles étaient tronquées, sans suite, à sec, sans agencement narratif ni succession de péripéties, et que je devais à la fin remettre moi-même le livre à sa place exacte dans ce meuble que je n'appelais pas bibliothèque. À l'école les choses ont une place exacte et le maître ne m'autorise pas à emporter le livre à la maison ; pour rien au monde d'ailleurs je ne lui demanderais cette faveur et je me souviens aussi que la satisfaction de ranger participait du plaisir cérémonieux de ces lectures singulières, au sens grammatical du terme, plaisir violemment accentué par le fait d'être ainsi distinguée des autres élèves, sortie du troupeau, désignée par le maître.

Au commencement donc, il n'y aurait pas d'histoires, les histoires ne commencent pas ; au commencement il y a du texte en morceaux, des corps et du rituel, de la répétition ; le corps de la mère, de la maîtresse, le corps du maître ; le rituel de la prière, de la lecture, de la dictée ou de la récitation ; et la bribe choisie, le morceau élu, à lire, à réciter, ou à écrire sans fautes et sans ratures, et en tirant la langue.

Plus tard, trois décennies plus tard, quand je commence à écrire, en octobre 1996, je tire sacrément la langue, je trémule et je m'applique, et il y a des ratures, je les vois, sur les huit feuilles numérotées, format A4 quadrillées à petits carreaux, du premier manuscrit ; il y a des ratures et du corps, des corps, le corps d'un père à sa toilette du dimanche matin et ceux de ses filles appelées l'une ou l'autre à lui laver le dos ; il y a du rituel, jusque dans le titre, ça s'intitule *Liturgie* ; et c'est un morceau, une nouvelle. Je commence par une nouvelle parce que j'ai peur de ne pas tenir la distance. Comme si écrire était une affaire de souffle, de corps, d'élan, de désir, et de ténacité. À cette époque, je cours, je cours beaucoup, comme une brute et sans méthode, j'ai commencé par des dix mille mètres, suis passée au semi-marathon, puis au marathon ; j'ai cherché ma distance, à tâtons, à l'instinct, à plein corps ; il faut trouver sa distance, les coureurs en ont une, et les textes aussi. Je l'apprends, je l'éprouve, physiquement et comme une nécessité avant tout organique, en courant et en écrivant. C'est tellement vrai que de ce premier texte, *Liturgie,* j'ai d'abord écrit en 1996 la version courte qui ouvre le livre de nouvelles auquel elle donne son titre, et ensuite, dans un second temps, en 2001, une version beaucoup plus longue qui n'a pas été publiée mais a servi de terreau, d'humus, à trois des douze nouvelles rassemblées en 2006 dans *Organes* ; d'où d'ailleurs ce titre, un peu énigmatique et un tantinet dissuasif, *Organes*, qui voulait souligner cette continuité de matière, proprement séminale, entre les deux livres ; d'où le mot livre aussi, que j'emploie avec ténacité à la place de recueil parce que livre, bien plus que recueil, rassemble et ramasse, embrasse et noue, d'un seul geste textuel, d'un seul élan, les pièces et morceaux qui le constituent.

En octobre 1996, quand je commence, j'ai peur, peur de ne pas pouvoir, de ne pas être à la hauteur du désir inscrit dans et sous la peau depuis les vivaces petites années de Madame Durif et de Monsieur Brunet ; peur de ne pas tenir la distance. Ne pas tenir la distance, ce serait commencer et ne pas finir, perdre le souffle, se perdre dans le trop plus encore que dans le rien, produire du flasque et de la fioriture, s'engorger, se noyer dans la chair du texte, s'enliser dans sa viande jusqu'à ne plus pouvoir avancer ni reculer comme dans certains cauchemars où l'on court sur place, cloué, crucifié, transpercé par la certitude de ne pas pouvoir échapper, jamais, à ce qui arrive sur nous, derrière nous, par-derrière, qui arrive et qui sera terrible, on entend, on sait, on sent déjà sur la nuque un souffle chaud et mou.

Il n'est pas plus facile, ni plus difficile, je le crois aujourd'hui, d'écrire des nouvelles que des romans ; c'est seulement une autre affaire, en termes de distance et de souffle, d'élan et de tension. Ce serait peut-être un peu moins opaque et vertigineux parce que l'on aurait davantage de visibilité dans la conduite du récit, dont le terme est moins éloigné, pas forcément plus précis, mais moins éloigné, et dont les méandres, si méandres il y a, seront forcément moins nombreux. Il y a moins de matière, de pâte textuelle à malaxer, à pétrir, à travailler sur un chantier de nouvelles qu'à l'établi du roman, mais la question de la tension du récit s'y pose en des termes cuisants et cruciaux. En trois pages, en dix ou en trente, il faut, il faudrait tout donner à voir, à voir et à entendre, à entendre et à attendre, à deviner, humer, sentir, flairer, supposer, espérer, redouter. Il faut, il faudrait tout ramasser, tout, et tout cracher ; il faut que ça fasse monde, ni plus ni moins qu'un roman de 1 322 pages, que les corps y soient, que la douleur y soit, la couleur, et le temps qui passe, ou ne passe pas, et la joie, et les saisons, et les gestes, le travail, les silences, les cris, la mort, l'amour, et la jubilation d'être, et tous les vertiges, et les arbres, le ciel, le vent. Il faudrait.

Nouvelle ou roman, roman ou nouvelle, parfois on ne sait pas, je ne sais pas ce que je vais faire, où ça va aller ; je suis une piste qui s'enfonce dans le maquis textuel, j'y vais, j'avance, et ensuite ça devient quelque chose que je n'attendais pas, ça devient autre chose, ça se fait en se faisant, ça se fait autrement, ça tourne et ça bifurque, ça se retourne. En juillet 2009, j'ouvre le chantier de ce que je pense être un livre de nouvelles, le troisième, après *Liturgie* et *Organes*, qui ont entre eux les liens intimes et séminaux que j'ai dit plus haut ; le sujet serait la montée à Paris, en d'autres termes, la partance et l'arrachement, l'invention de soi ailleurs et autrement, loin du lieu et du milieu où l'on a commencé d'être. Je raconterais ça, j'ai des départs de piste, j'en ai plusieurs, et je sens, je crois que si le livre existe, il s'ouvrira avec *Le Salon* et se fermera avec *Les sols*. *Le Salon*, un père, paysan en pays haut et perdu, paysan avec des vaches, paysan attaché, la quarantaine, la force de l'âge, lui donc, et deux enfants, les plus jeunes, il en a trois, la fille le fils, Claire et Gilles, douze et treize ans ; ils vont à Paris, les trois, en train, pour quatre jours, ils verront la tour Eiffel, ils la verront, ils n'y monteront pas, et ils iront au Salon de l'Agriculture, porte de Versailles ; le sujet serait ces trois ou quatre jours, et leurs corps dans Paris, leur étrangeté, leur vaillance et leur étrangeté ; le père est au centre de la mêlée et du terrain textuel, le père, pas les enfants. *Les sols*, trente-cinq ans plus tard, un père, le même, vieillissant, vieilli, s'extrait de la ferme et monte à Paris avec son unique petit-fils qui est en sixième à Clermont-Ferrand, ils passeront trois ou quatre jours chez Claire, la Claire du *Salon*, la même, elle a étudié à Paris, elle y vit, et y reçoit chaque année père et neveu entre Noël et le Nouvel An ; ils seront les trois dans les quarante-cinq mètres carrés de l'appartement de cette Claire mangeuse de livres, de cinéma, de peinture, et ils iront au Louvre pour montrer à l'enfant les Antiquités égyptiennes ; au Louvre le père, pas mécontent, un peu abasourdi et penché, les mains nouées dans le dos, dira, dit, a dit, ils sont beaux les sols, ils sont beaux. En juillet 2009 j'ai cette scène dans le coffre depuis presque trois ans, je l'ai vécue avec mon père et l'aîné de mes neveux au Louvre en décembre 2006, c'est là, je l'ai, c'est pour toujours. Donc, dans une maison de pierre, d'ardoises et de bois, en pays haut et perdu, pendant l'été 2009, en juillet et en août, je suis la première piste et fais quelque chose qui a pour titre *Le Salon*, c'est du texte, crayon et stylo sur bloc de papier à spirales acheté à Riom-ès-Montagnes, c'est peut-être du texte, il faut que ça pause, et repose, que du temps passe, que ça passe au tamis du temps, que le temps passe dessus, faut voir, on verra. On a vu, j'ai vu, tout de suite, quand j'ai relu le bloc, à Paris, quatre mois plus tard, fin décembre 2009, tout de suite j'ai vu et su que ça n'était pas une nouvelle, mais un départ de roman, comme on dit un départ de feu, et que ce roman, si roman il y avait à l'autre bout du chantier, se terminerait avec la scène des sols au Louvre. J'ai publié ce roman, *Les Pays*, en 2012.

Toujours je fais ça, je vais et je viens, entre roman et nouvelle, nouvelle et roman, dans les deux sens, à perdre haleine ; toujours je cherche, le souffle, la distance, la tension, l'élan, l'allant, le juste poids du désir. Quand, en octobre 2000, je sais que mon premier roman, *Le Soir du chien*, sera publié un an plus tard, à la rentrée 2001, je comprends que je n'en avais pas fini avec ce texte, les textes ne seraient jamais finis, ne le sont jamais ; je n'en avais pas fini surtout avec le personnage de Roland, celui qui meurt, qui se suicide, se pend, *dans l'atelier, avec ses bottes*. Alors je recommence, je pars exactement de là, de cette poignée de mots et du moment où le roman bascule vers sa fin ; je remonte aux sources de Roland, de ses vertiges, de sa douceur, de sa solitude et de ses gestes. Le texte du roman ne bougera pas, je ne le réécris pas, mais une nouvelle, intitulée *Roland*, se détache de lui, de ses silences, de ses blancs, de ses marges ; le suicide de Roland, dans le roman, fait de lui le motif central de la nouvelle qui serait écrite comme un remords, comme si Laurent, qui raconte, dans la nouvelle et dans le roman, ruminait sans fin et ne se remettait pas de n'avoir pas vu venir la chose, pas su la prévoir, pas pu l'empêcher.

La nouvelle advient ici après le roman, s'est avancée et imposée dans son sillage, alors que, à l'inverse, *Bon en émotion*, la nouvelle écrite à l'automne 2000, précède de plusieurs années le roman, *Mo*, que je publierai en mars 2005 et dont elle serait à la fois le laboratoire et la matrice. Les deux textes, le court et le long, la nouvelle et le roman, sont des récits d'amour à mort et racontent une passion, au double sens du terme, amoureux et christique, entre Maria et Mo, une passion avec crucifixion mais sans résurrection. Mo aime Maria, et il la tue, toujours il la tue, en la précipitant dans le vide, du clocher de Saint-Urcize, entre Aveyron et Cantal, ou d'une terrasse à Notre-Dame-de-la-Garde à Marseille. Le geste de la mise à mort est le même, irrépressible et irrémédiable, et toujours il coupe le jet du récit, arrête son élan ; Mo pousse Maria, en bas des gens crient, Maria tombe, et Mo attend la suite, et nous attendons avec lui. Mo et Maria vivent dans la banlieue d'Avignon, ils y ont grandi et ne connaissent à peu près rien d'autre; mais, entre la nouvelle et le roman, entre 2000 et 2005, le centre de gravité du texte se déplace, au sens littéral du terme, c'est une question de lieu, de territoire. La nouvelle répondait à l'automne 2000 à une commande d'écriture, à une sorte d'injonction géographique, qui mettait le plateau d'Aubrac au centre du récit et l'imposait dans les souvenirs de Mo comme le théâtre enchanté du paradis perdu d'une classe verte inventée pendant une lointaine année d'école primaire par un mirifique instituteur aveyronnais exilé sur les bords du Rhône. Dans les deux cas, c'est un cahier qui fait tout basculer, le cahier de la fameuse classe verte, infime et intime trésor de Mo, dont Maria se moque parce qu'il est plein de fautes d'orthographe; mais, dans le roman, en 2005, cette classe verte, sa magie et sa merveille ne sont plus qu'un motif lancinant qui vrille la mémoire de Mo; on ne remonte pas le cours du temps et on ne retrouve pas l'Éden, on ne retournera pas sur le plateau d'Aubrac; Mo et Maria ne partent pas, ne s'arrachent pas, ils poussent seulement jusqu'à Marseille, c'est un vendredi gris et froid, l'avant-veille de Pâques, et Notre-Dame-de-la-Garde n'empêchera pas la mise à mort.

La nouvelle pousse sa pointe sous le roman, le travaille au corps, bouge sous lui, le précède ou le suit, en détourne le cours, se voit supplantée, recouverte, submergée, avalée, dévorée, gobée, par lui, ou au contraire s'en détache, en suinte, en suppure, comme d'une plaie vive. *La Maison Santoire* s'est ainsi, au sens propre du terme, détachée, échappée du manuscrit des *Derniers Indiens*; et je pense ici, avec cette échappée, aux coureurs du Tour de France jaillis du peloton, éperdus, vaillants, glorieux et têtus, dardés, avant d'être, le plus souvent, repris par la masse et de finir englués en elle, engloutis. En juin 2006, quand je donne le manuscrit des

Derniers Indiens à mon éditrice tenace, Pascale, et à ma lectrice précieuse autant qu'impitoyable, Agnès, dédicataire de mon premier roman, le texte comporte un appendice, intitulé *Monologue Épilogue* ; Marie et Jean, la sœur et le frère, quatrième et dernière génération des Santoire, vivent ensemble dans une maison orgueilleuse et rétrécie dont les pièces se ferment peu à peu, ils finissent, ils se finissent, ils attendent dans les ruminations, ils attendent dans le rien et ils regardent vivre et proliférer, tout près, de l'autre côté de la route, la pléthorique tribu des voisins, honnis et tellement désirés. Je n'avais pas pu ne pas écrire, et je sais pourquoi, cet épilogue en forme de monologue ; c'est le monologue de Jean, le frère, qui toute sa vie s'est tu, a ravalé ses mots et les crache enfin, une fois délivré des femmes, de la mère, de la sœur, morte avant lui comme elle l'avait prévu. C'est un glaviot, c'est un cri, c'est de la douleur, de la rage, de la jubilation, et on peut aussi en rire. Agnès et Pascale, qui ne se connaissent pas, qui ne se sont pas concertées, sont unanimes, il faut enlever ce monologue et injecter l'essentiel de son contenu dans le cours du récit principal. Elles ont raison, je ne proteste pas, je sens qu'elles ont raison, je laisse reposer le texte pendant les deux mois d'été, et je ferai ce travail entre septembre et décembre 2006. Le monologue restera ; raboté des deux tiers, raclé jusqu'à l'os, il sera publié, avant même le roman, en octobre 2007, seulement accompagné d'une phrase, *Les derniers Indiens habitent la maison Santoire*, qui voudrait dire le lien organique entre la nouvelle et le roman.

On fait les livres qu'on peut ; roman nouvelles nouvelles roman, et d'autres formes qui s'inventent et n'auraient pas de nom. Je suis à l'établi depuis près de vingt ans et n'ai à peu près rien appris d'autre que ça. Toujours du texte fermente et travaille à l'intérieur de moi, sous ma peau, dans ma viande, derrière mes yeux, du texte des textes des mots des phrases de la matière du matériau, du vent des gravats des soirs d'été du silence des bêtes des gens des livres d'autres livres les livres des autres, des vivants et des morts, du vent encore du vent, le monde et sa plaie ouverte, et les hivers et le feu et la joie, et l'attente, le guet, la patience d'être. Toujours, ça n'arrête pas, c'est dans ma vie, au milieu ou à l'épicentre ; activité sismique, coulée textuelle et mêlée de mots au centre du terrain. Depuis octobre 1996 et les premières lignes de *Liturgie*, je ne cesserais pas de travailler sur un seul et même chantier, de temps en temps je prélève un morceau, je l'extrais, je l'exhume, il sort, il s'extirpe et s'expectore, et ça fait un livre.

On continue, ça continue ; depuis juillet 2014 je suis au chantier de *Gordana*. *Gordana* est un prénom de femme rêche et jaune, et c'est aussi le titre d'une longue nouvelle, parue au printemps 2012, dont j'ai toujours plus ou moins senti qu'elle était un départ de pistes et donc, peut-être, un début de roman. J'ai attendu, j'ai laissé les pistes courir dans le maquis du temps et des choses, j'ai laissé, et je ne les suivrai pas toutes, il y en a trop, on s'y affolerait, on s'y perdrait ; je ne donne pas dans la saga, ni dans le roman fleuve, ni dans la série à épisodes. Je fais, ça avance, ça travaille, je travaille, je me tiens à carreau et je ne la ramène pas, quelque chose pousse son étrave, je ne sais pas où ça va, vers le rien ou vers un prochain livre, ou ailleurs encore. J'aime ne pas savoir et aller dans le désir du texte comme on marche, les yeux ouverts, à plein corps.

SUITES POUR SANGLIER

Huit années ont passé depuis le printemps 2015. Huit années nous sont passées dessus et rentrées dedans. Nous sommes au monde, il me traverse, nous traverse, je ne vis pas sur une île, l'établi n'est pas un fortin. Des années, huit, des saisons, des attentats, des guerres, des virus, des maladies longues, des enterrements, des confinements, des mouvements de fond et d'opinion, des scandales et des révélations, des prises de conscience éruptives et des aveuglements persistants, des matins parfaits, de lancinantes douceurs et des lectures éblouies. La litanie est inépuisable et ne saurait être exhaustive. Au milieu du monde et de son chaos, dans le flux de ses chants et de ses cris, ma place est au chantier, c'est infime et c'est déjà ça.

Au printemps 2015, donc, il y a huit ans, j'avais accompagné *Histoires*, livre qui rassemblait la plupart de mes nouvelles, par un texte sous-titré *Aux sources et à l'établi*. Je suivais alors la piste de *Gordana*, nouvelle longue parue en 2012 et texte séminal d'un roman, *Nos vies*, qui serait publié en 2017.

Entre la nouvelle et le roman, entre 2012 et 2017, le centre de gravité du texte s'était déplacé, avait glissé d'une femme à l'autre, de Gordana à Jeanne Santoire, figure silencieuse déjà présente dans la nouvelle. Les plaques tectoniques du récit avaient bougé ; j'ai agencé, j'ai attendu, j'ai ajusté. J'ai écouté, guetté, malaxé, humé, respiré chaque phrase, à plein corps. J'ai travaillé. Travailleuse du verbe serait ma raison sociale.

Je suis une travailleuse têtue. J'écris, je cherche, je tente, je tâte et je tâtonne, entre fulgurances vertigineuses et opacités tenaces, entre formes brèves qui n'ont pas de nom, proses poétiques ou autres fragments en arborescence, et, plus platement, nouvelles et romans. En huit ans, entre 2015 et 2023, trois romans ont été publiés, *Nos vies*, donc, en 2017, *Histoire du fils* en 2020 et *Les Sources* en 2023. Entre ces deux dates, 2020 et 2023, un livre en train de se faire a explosé en plein vol, un autre livre qui eût été un livre de nouvelles et qui n'existera pas. Je ne peux pas ne pas voir, cependant, que le premier tableau d'*Histoire du fils* pourrait rouler seul sur son orbite propre, comme une nouvelle, bien qu'il eût été écrit après les onze tableaux suivants. Je savais, depuis l'ouverture du chantier de ce roman, qu'il fallait, qu'il faudrait en passer par l'enfant supplicié, par le petit mort, lui passer sur le corps. Les pieds tendres d'Armand *glissent sur le parquet* dans la lumière lisse d'un matin d'avril velouté, il n'a pas cinq ans, il n'aura pas cinq ans. Comment écrire ça, qui échappe à tout ; et comment ne pas l'écrire puisque c'est l'épicentre du livre ; sans ça, il n'y a pas de livre, les onze autres tableaux ne feront pas corps, ils flotteront en toute vacance et gratuité. Je préfère le mot tableau au mot chapitre parce que je voudrais écrire comme on peint et donner chair au monde, ni plus ni moins ; ça s'appelle avoir les yeux plus gros que le ventre, et c'est aussi une histoire de désir. Dans une autre vie je ferais le peintre, j'en aurais plein les mains, de la matière, des outils, des gestes, des éreintements, des chatoiements, des couleurs, des morsures, des grains, des nudités, des silences, des caresses, des ivresses et des gueulades, des lumières et des mirages. Dans une autre vie.

En attendant, ici et maintenant, au printemps 2019, sur le chantier d'*Histoire du fils*, je ne suis que moi-même, aux prises avec un matin d'avril 1908 et les pieds nus d'Armand. Armand vient de très loin. La matière vive d'*Histoire du fils* m'a été littéralement confiée en août 2012 par une nébuleuse familiale amie que venait de secouer la révélation d'une filiation secrète ; ça arrive dans les familles, et si on a sous la main un écrivain très proche, on lui dit, tu vas bien nous la raconter, celle-là, cette histoire, la nôtre, tu ne peux pas dire non. Fin août 2012, je frémis, je blêmis, mais je ne dis pas non ; j'aime cette confiance qui m'est faite et la mariée est trop belle. C'est évidemment une histoire pour moi, ordinaire et carabinée, avec son secret, ses silences, ses acrobaties, ses figures hautes, ses morceaux de bravoure, ses mères et ses mamans, ses pères de cœur et ses pères de sang, ses chapelets de fils, ses jardins, ses étés, ses cousines fleuries, ses cimetières, ses compromis et ses arrangements, ses aigreurs et ses heures de gloire. Cependant, je frémis et je blêmis parce que j'ai trop de tout, je le sens tout de suite et je préviens, on n'a pas le droit d'être pressé, halte à la précipitation. Il va falloir laisser décanter longtemps dans les caves profondes de mes fichiers mentaux cette matière prolifique, bouillonnante et pittoresque.

Le réel en fait toujours trop, il excède mon entendement, il déborde et me déborde d'autant plus que, même si je n'en ai évidemment rien dit, j'ai pensé aussitôt au petit mort. Il ne se prénommait pas encore Armand, il n'avait pas de prénom, mais il était là, en embuscade vive, fiché dans un coin de ma mémoire depuis la fin des années soixante-dix du défunt vingtième siècle. Une femme qui, en 1978 ou 1979, n'avait pas encore cinquante ans m'avait raconté, sans y revenir jamais, il eût fallu poser des questions, ce que je ne fais pas, la brève histoire de cet enfant qui, s'il avait vécu, eût été son oncle paternel. Mâle premier né dans une robuste dynastie paysanne lancée en pleine ascension sociale, il fut tragiquement supplicié un jour de grande lessive, avant la Première Guerre mondiale, dans une maison de famille que je connais par cœur. Cette maison de famille fait corps avec l'enfant et avec l'histoire, et c'est dans ces mêmes maison et famille qu'est révélé en 2012 le secret à moi confié à des fins de racontage par écrit sous forme de roman. Unité de lieu et de tribu, impeccable, incontournable ; il n'en fallait pas davantage pour que les pièces du puzzle s'emboîtent ; récit de filiation il y aurait, entre mince saga et ordinaire épopée, d'un bout à l'autre du faste siècle dernier, entre matricielles demeures de province et appartements parisiens, entre deux guerres, entre deux tribus affiliées sans le savoir. Le navire textuel était lancé ; sacrificiel et doux, nimbé de joie définitive, le petit mort ardemment prénommé en deviendrait la figure de proue. Son assomption narrative commençait.

Poussées organiques, mouvements lents et sourds et cristallisations éruptives, c'est ainsi que se font les livres. Les textes remontent des abysses et je ne résiste ni aux résurgences ni aux éruptions. En vingt-sept ans de travail aux établis, j'aurai au moins dû apprendre à ne pas résister. J'ai cependant une nature rétive et j'ai tout de même tenté de faire obstruction pendant plus de six mois à la résurgence de la matière antédiluvienne des *Sources*. J'ai pratiqué la politique de l'autruche et me suis évertuée et démenée en pure perte sur le chantier d'un livre de nouvelles qui est aujourd'hui un champ de ruines. Le noyau dur de *La confession* en est issu mais ce récit d'enfance est à peu près le seul qui, à la relecture, m'ait encore semblé viable, sans doute parce qu'un fils, son père, une sœur et la peur y sont engagés, aux prises avec le silence. Il faudrait aller là, s'enfoncer là où ça cogne, là où les enfants ont peur tandis que les familles se taisent. J'appelle ça mordre la source, comme le sanglier de Giono dans *Colline*. J'appelle ça devenir sanglier, être sanglier.

Le voilà. Il se vautre sur l'eau. La boue est contre son ventre.
La fraîcheur le traverse d'outre en outre, de son ventre à son échine.
Il mord la source.

Mordre la source, mordre la poussière ; la terre, la boue, et l'eau vive et sa fraîcheur ne se séparent pas, Giono le sait mieux que personne. Sur le chantier des *Sources*, j'ai mordu la poussière ; le texte écrit en huit jours, de fin février à début mars 2022, de *il dort sur le banc* à *elle dit que c'est fini, qu'elle ne remontera pas, plus jamais,* tout ce texte m'est resté sur les bras. Trop long pour une nouvelle, trop court pour un roman, il me brûlait les doigts. Tant de nudité me laissait en état de vertige. Que faire du machin, de ce machin, avec ce machin ; poussière, poussière. Mon éditrice a lu, elle a fait son travail, elle a dit ce qu'elle avait à dire et ce qui était à faire ; elle a dit, il faut écrire la voix du père et remonter aux sources de la scène de *Liturgie* où les filles lavent le dos du père le dimanche matin. Elle a dit ça exactement et j'ai compris qu'elle avait raison ; ensuite j'ai fait. Le machin dévolu à la mère est devenu une première partie, la voix du père étant la deuxième, et celle de la fille du milieu la troisième ;

il y a trois tableaux dans *Les Sources* et mon éditrice, Pascale Gautier, est la dédicataire du roman.

Poussées organiques, dis-je ; remonter aux sources de *Liturgie*, dit-elle. *Liturgie* est une nouvelle et c'est le premier texte que j'ai écrit, au commencement, en octobre 1996, quand j'ai enfin osé m'asseoir à l'établi. *Liturgie* est aussi devenu, en mars 2002, le titre de mon premier livre de nouvelles. On voit par là comment et combien la nouvelle, les nouvelles débordent, échappent, se déploient, se déplient dans les interstices ou s'immiscent dans les coulisses. Les nouvelles qui furent écrites, les officielles, et toutes les autres, les officieuses, les clandestines, celles qui n'ont pas été écrites mais eussent pu l'être, celles qui ne le sont pas encore mais fermentent en caves profondes depuis des décennies et celles, plus ou moins ébauchées, plus ou moins délaissées, que le roman défonce, écrase, annexe, avale, engloutit, enrôle et satellise, toutes les nouvelles bougent dans le noir, font source et terreau. Je fouille le terreau, je mords la source, je suis le sanglier.

TABLE

Cet ouvrage
a été mis en pages par In Folio,
reproduit et achevé d'imprimer
en septembre 2023
dans les ateliers de Normandie Roto Impression s.a.s.
61250 Lonrai
N° d'imprimeur : 2303253

Imprimé en France

Dépôt légal : octobre 2023